L'ORANGERAIE

DU MÊME AUTEUR

ROMAN, RÉCIT

Le Mangeur de bicyclette, Leméac, 2002
Poudre de kumkum, XYZ, 2002
Piercing, Gallimard, 2006
Le Christ obèse, Alto, 2012 (Prix littéraire du Salon du livre du Saguenay)

THÉÂTRE

Le Déclic du destin, Leméac, 1989
Leçon d'anatomie, Laterna Magica, 1992 ; Lansman, 2003
The Dragonfly of Chicoutimi, Les Herbes Rouges, 1996 ; 2005 ; 2011
Le Génie de la rue Drolet, Lansman, 1997
Ogre. Cornemuse, Lansman, 1997
Les Mains bleues, Lansman, 1998
Téléroman, Lansman, 1999
Le Ventriloque, Lansman, 2000 ; 2004 ; 2012
Panda Panda, Lansman, 2004
L'Histoire d'un cœur, Lansman, 2006
Le Problème avec moi, Lansman, 2007
Abraham Lincoln va au théâtre, Lansman, 2008
L'Amour à trois, Lansman, 2010
Cantate de guerre, Lansman, 2011 (Prix de la dramaturgie francophone SACD et Prix Michel-Tremblay)
L'Enfant matière, Lansman, 2012

Suite de la liste en fin d'ouvrage.

LARRY TREMBLAY

L'ORANGERAIE

Roman

LA TABLE RONDE
26, rue de Condé, Paris 6e

Première publication : Éditions Alto, 2013.

www.editionslatableronde.fr

Pour Joan.

Amed

Si amed pleurait, Aziz pleurait aussi. Si Aziz riait, Amed riait aussi. Les gens disaient pour se moquer d'eux : « Plus tard ils vont se marier. »

Leur grand-mère s'appelait Shahina. Avec ses mauvais yeux, elle les confondait tout le temps. Elle les appelait ses deux gouttes d'eau dans le désert. Elle disait : « Cessez de vous tenir par la main, j'ai l'impression de voir double. » Elle disait aussi : « Un jour, il n'y aura plus de gouttes, il y aura de l'eau, c'est tout. » Elle aurait pu dire : « Un jour, il y aura du sang, c'est tout. »

Amed et Aziz ont trouvé leurs grands-parents dans les décombres de leur maison. Leur grand-mère avait le crâne défoncé par une poutre. Leur grand-père gisait dans son lit, déchiqueté par la bombe venue du versant de la montagne où le soleil, chaque soir, disparaissait.

Quand la bombe est tombée, il faisait encore nuit. Mais Shahina était déjà levée. On a retrouvé son corps dans la cuisine.

— Qu'est-ce qu'elle faisait en pleine nuit dans la cuisine ? a demandé Amed.

— On ne le saura jamais. Elle préparait peut-être un gâteau en secret, a répondu sa mère.

— Pourquoi en secret ? a demandé Aziz.

— Peut-être pour faire une surprise, a suggéré Tamara à ses deux fils en balayant l'air de sa main comme si elle chassait une mouche.

Leur grand-mère Shahina avait l'habitude de parler toute seule. En fait, elle aimait parler à tout ce qui l'entourait. Les garçons l'avaient vue interroger les fleurs du jardin, discuter avec le ruisseau qui coulait entre leurs maisons. Elle pouvait passer des heures courbée sur l'eau pour lui chuchoter des mots. Zahed avait honte de voir sa mère se comporter de cette façon. Il lui reprochait de donner un mauvais exemple à ses fils. « Tu agis comme une folle », lui criait-il. Shahina baissait la tête, fermait les yeux en silence.

Un jour, Amed a dit à sa grand-mère :

— Il y a une voix dans ma tête. Elle parle toute seule. Je n'arrive pas à la faire taire, elle dit des choses étranges. Comme s'il y avait une autre personne cachée en moi, une personne plus grande que moi.

— Raconte-moi, Amed, raconte-moi les choses étranges qu'elle te dit.

— Je ne peux pas les raconter, je les oublie au fur et à mesure.

C'était un mensonge. Il ne les oubliait pas.

Aziz a été à la grande ville une seule fois. Son père Zahed a loué une auto. Il a engagé un chauffeur. Ils sont partis à l'aube. Aziz regardait le paysage nouveau défiler derrière la fenêtre de la portière. Il trouvait beau l'espace quc fendait l'auto. Il trouvait beaux les arbres que ses yeux perdaient de vue. Il trouvait belles les vaches aux cornes badigeonnées de rouge, calmes comme de grosses pierres posées sur le sol brûlant. La route était secouée de joie et de colère. Aziz se tordait de douleur. Et il souriait. Son regard noyait le paysage dans ses larmes. Et le paysage était comme l'image d'un pays.

Zahed avait dit à sa femme :

— Je l'emmène à l'hôpital de la grande ville.

— Je vais prier, son frère Amed va prier, avait simplement répondu Tamara.

Quand le chauffeur a annoncé qu'ils approchaient enfin de la ville, Aziz s'est évanoui dans l'auto et n'a rien vu des splendeurs dont il avait entendu parler. Il a repris conscience couché dans un lit. Dans la chambre où il se trouvait, il y avait d'autres lits, d'autres enfants couchés. Il a cru qu'il était couché dans tous ces lits. Il a cru que sa douleur trop grande avait multiplié son corps. Il a cru qu'il se tordait de douleur dans tous ces lits avec tous ces corps. Un médecin s'est penché sur lui. Aziz a senti son parfum épicé. Il avait l'air gentil. Il lui souriait. Aziz avait pourtant peur de lui.

— Tu as bien dormi ?

Aziz n'a rien dit. Le médecin s'est redressé, son sourire avait pâli. Il a parlé à son père. Lui et le médecin sont sortis de la grande chambre. Zahed avait les poings crispés, il respirait fort.

Après quelques jours, Aziz s'est peu à peu senti mieux. On lui a donné une mixture épaisse à boire. Il en prenait matin et soir. C'était de couleur rose. Il n'en aimait pas le goût, mais ça calmait ses douleurs. Son père venait le voir tous les jours. Il lui a dit qu'il habitait chez son cousin Kacir. C'est tout ce qu'il lui a dit. Zahed le regardait en silence, touchait son front. Sa main était dure comme une branche. Une fois, Aziz s'est réveillé en sursaut. Son père l'observait, assis sur une chaise. Son regard lui a fait peur.

Une petite fille occupait le lit voisin de celui d'Aziz. Elle s'appelait Naliffa. Elle a dit à Aziz que son cœur avait mal poussé dans sa poitrine.

— Mon cœur a poussé à l'envers, tu sais, la pointe, elle n'est pas à sa place.

Elle racontait ça à tous les autres enfants qui dormaient dans la grande chambre de l'hôpital. Parce que Naliffa parlait avec tout le monde. Une nuit, Aziz a hurlé pendant son sommeil. Naliffa a eu peur. Au petit matin, elle lui a raconté ce qu'elle avait vu.

— Tes yeux sont devenus blancs comme des boulettes de pâte, tu t'es mis debout sur ton lit et tu as fait de grands gestes avec tes bras. J'ai pensé que tu jouais à me faire peur. Je t'ai appelé. Mais ton esprit n'était plus dans ta tête. Il avait disparu on ne sait pas où. Les infirmières sont venues. Elles ont placé un paravent autour de ton lit.

— J'ai fait un cauchemar.

— Pourquoi les cauchemars existent ? Tu le sais, toi ?

— Je ne sais pas, Naliffa. Maman dit souvent : « Dieu seul le sait. »

— Maman dit la même chose : « Dieu seul le sait. » Elle dit aussi : « C'est comme ça depuis la nuit des temps. » La nuit des temps, maman m'a raconté, c'est la première nuit du monde. Il faisait si noir que le premier rayon de soleil qui a percé la nuit a hurlé de douleur.

— C'est plutôt la nuit qui a dû hurler, c'est elle qui a été transpercée.

— Peut-être, a dit Naliffa, peut-être.

Quelques jours plus tard, Zahed a demandé à Aziz où était passée la petite fille voisine de son lit. Aziz a répondu que sa mère était venue la chercher parce qu'elle était guérie. Son père a baissé la tête. Il n'a rien dit. Après un long moment, il a relevé la tête. Il n'a encore rien dit. Puis il s'est penché sur son fils. Il a déposé un baiser sur son front. C'était la première fois qu'il le faisait. Aziz en avait des larmes aux yeux. Son père lui a alors murmuré :

— Demain, nous retournons aussi à la maison.

Aziz est reparti avec son père et le même chauffeur. Il a regardé la route s'enfuir dans le rétroviseur. Son père fabriquait un étrange silence, fumait dans l'auto. Il lui avait apporté des dattes et un gâteau. Avant d'arriver à la maison, Aziz a demandé à son père s'il était guéri.

— Tu ne retourneras plus à l'hôpital. Nos prières ont été exaucées.

Zahed a mis sa grosse main sur la tête de son fils. Aziz était heureux. Trois jours plus tard, la bombe venue de l'autre versant de la montagne fendait la nuit et tuait ses grands-parents.

Le jour où Zahed et Aziz sont revenus de la grande ville, Tamara a reçu une lettre de sa sœur Dalimah. Elle était partie en Amérique quelques années plus tôt suivre un stage en informatique. Elle avait été sélectionnée parmi une centaine de candidats, un exploit. Mais elle n'était jamais revenue au pays. Dalimah écrivait régulièrement à sa sœur, même si les réponses de Tamara se faisaient rares. Dans ses lettres, elle décrivait sa vie. Il n'y avait pas de guerre là-bas, c'était ça qui la rendait si heureuse. Et si audacieuse. Elle lui proposait souvent de lui envoyer de l'argent, mais Tamara refusait sèchement son aide.

Dans sa lettre, Dalimah lui annonçait qu'elle était enceinte. Son premier enfant. Elle lui écrivait de venir la rejoindre avec les jumeaux. Elle trouverait un moyen de les faire venir en Amérique. Elle laissait entendre que Tamara devrait abandonner Zahed. Le laisser seul avec sa guerre et ses champs d'orangers.

« Comme elle a changé en quelques années ! » se répétait Tamara.

Il y avait des jours où Tamara détestait sa sœur. Elle lui en voulait : comment pourrait-elle abandonner son mari ? Elle ne quitterait pas Zahed. Non. Et elle se battrait elle aussi, même si Dalimah lui écrivait que leur guerre était inutile, qu'il n'y aurait que des perdants.

Depuis longtemps, Zahed ne demandait plus de ses nouvelles. Pour lui, Dalimah était morte. Il ne voulait même pas toucher à ses lettres. « Je ne veux pas être souillé », disait-il avec dégoût. Le mari de Dalimah était ingénieur. Dalimah ne parlait jamais de lui dans ses lettres. Elle savait qu'aux yeux de sa famille il était considéré comme un hypocrite et un lâche. Il venait de l'autre versant de la montagne. C'était un ennemi. Il s'était enfui en Amérique. Pour être reçu là-bas, il avait raconté des horreurs et des mensonges sur leur peuple. C'était ce que Tamara et Zahed croyaient. Comment Dalimah n'avait-elle rien trouvé de mieux à faire, en arrivant là-bas, que d'épouser un ennemi ? Comment avait-elle pu ? « C'est Dieu qui l'a mis sur mon chemin », leur avait-elle écrit un jour. « Elle est idiote, pensait Tamara. L'Amérique a obscurci son jugement. Qu'est-ce qu'elle attend ? Que nous soyons tous massacrés par les amis de son mari ? Qu'est-ce qu'elle a pensé en l'épousant ? Qu'elle allait contribuer au processus de paix ? Au fond, elle a toujours été une égoïste. À quoi bon lui faire part de nos malheurs ? Son mari pourrait s'en réjouir, qui sait ? »

Dans la brève réponse qu'elle a faite ce jour-là à la lettre de sa sœur, Tamara n'a rien dit sur le séjour d'Aziz à l'hôpital. Ni sur la bombe qui venait de tuer ses beaux-parents.

Des hommes sont arrivés en jeep. Amed et Aziz ont aperçu un nuage de poussière sur la route qui passait près de leur maison. Ils se trouvaient dans l'orangeraie. C'est là que Zahed avait voulu enterrer ses parents. Il venait de lancer la dernière pelletée de terre. Son front et ses bras étaient mouillés de sueur. Tamara pleurait et se mordait l'intérieur de la joue. La jeep s'est arrêtée sur le bord de la route. Trois hommes en sont sortis. Le plus grand avait une mitraillette dans les mains. Ils ne se sont pas tout de suite dirigés vers l'orangeraie. Ils ont allumé des cigarettes. Amed a laissé tomber la main de son frère et s'est rapproché de la route. Il voulait entendre ce que ces trois hommes disaient. Il n'a pas pu. Ils parlaient trop bas. Le plus jeune des trois hommes a finalement fait quelques pas vers lui. Amed a reconnu Halim. Il avait beaucoup grandi.

— Tu te souviens de moi ? Je suis Halim. Je t'ai connu à l'école du village. Quand il y avait encore une école.

Halim s'est alors mis à rire.

— Oui, je me souviens de toi, tu étais le seul parmi les grands à nous parler, à moi et à mon frère. Ta barbe a poussé.

— Nous voulons parler à ton père Zahed.

Amed est reparti vers l'orangeraie, suivi par les trois hommes. Son père s'est approché d'eux. Amed a vu les yeux de sa mère se durcir. Elle lui a crié de venir la rejoindre. Les hommes ont discuté avec Zahed un long moment. Leurs paroles se perdaient dans le vent. Tamara s'est dit à elle-même que ce jour était maudit, que ce jour était le premier de plusieurs jours maudits. Elle observait son mari. Zahed tenait la tête baissée, regardait le sol. Halim a fait signe à Amed. Celui-ci s'est échappé des bras de sa mère, qui tenait ses deux fils contre son ventre, pour rejoindre le groupe d'hommes. Zahed a posé sa main sur sa tête en disant fièrement :

— C'est mon fils Amed.

— Et l'autre garçon ? a demandé l'homme à la mitraillette.

— C'est Aziz, son frère jumeau.

Ils sont demeurés jusqu'au soir. Zahed leur a montré les débris de la maison de ses parents. Ils ont tous levé la tête vers la montagne comme s'ils cherchaient dans le ciel la trace de la bombe. Tamara a préparé du thé. Elle a envoyé les enfants dans leur chambre. Plus tard, Amed et Aziz ont vu par la fenêtre l'homme à la mitraillette retourner à la jeep et revenir quelques instants après avec, dans les mains, un sac. Ils ont cru entendre leur mère crier. Puis, les hommes sont partis. Longtemps, le bruit de la jeep qui s'éloignait a résonné dans la nuit. Amed a serré son frère dans ses bras et s'est enfin endormi.

Le lendemain Aziz lui a dit :

— Tu n'as pas remarqué ? Les bruits ne font plus le même bruit, et le silence, on dirait qu'il se cache comme s'il préparait un mauvais coup.

— Tu as été malade, c'est pour ça que tu imagines des choses.

Mais Amed savait que son frère avait raison. Par la fenêtre de sa chambre, il a aperçu sa mère. Il l'a appelée. Elle s'est éloignée. Amed a cru qu'elle pleurait. Il l'a vue disparaître derrière les amaryllis. Sa grand-mère Shahina les avait plantées un an auparavant. Elles étaient à présent immenses. Leurs fleurs ouvertes avalaient la lumière. Amed et Aziz sont descendus au rez-de-chaussée. Leur mère n'avait pas préparé le repas du matin. Leur père n'avait pas dormi, ils le voyaient à son visage fatigué. Il était assis sur le plancher de la cuisine. Qu'est-ce qu'il faisait là, seul ? C'était la première fois que les garçons voyaient leur père assis sur le plancher de la cuisine.

— Vous avez faim ?

— Non.

Mais ils avaient faim. Près de leur père, il y avait un sac en toile.

— Qu'est-ce que c'est ? a demandé Aziz. Ce sont les hommes de la jeep qui l'ont oublié ?

— Ils ne l'ont pas oublié, a dit Zahed.

Il a fait signe à ses fils de s'asseoir près de lui. Puis il a parlé de l'homme à la mitraillette.

— C'est un homme important, a-t-il dit à ses fils, il vient du village voisin. Il s'appelle

Soulayed. Il m'a parlé avec son cœur. Il a insisté pour voir la maison détruite de vos grands-parents. Il va prier pour le salut de leurs âmes. C'est un homme pieux. Un homme instruit. Quand il a terminé de boire son thé, il m'a pris la main. Il a dit à votre père : « Comme ta maison est calme ! Je ferme les yeux et le parfum des orangers m'envahit. Ton père Mounir a travaillé toute sa vie sur cette terre aride. C'était le désert, ici. Avec l'aide de Dieu, ton père a accompli un miracle. Il a fait pousser des oranges là où il n'y avait que du sable et des pierres. Ne crois pas, parce que je suis venu chez toi avec une mitraillette, que je n'ai pas les yeux et les oreilles d'un poète. J'entends et je vois ce qui est juste et bon. Tu es un homme de cœur. Ta maison est propre. Chaque chose est à sa place. Le thé de ta femme est délicieux. Tu sais ce qu'on dit, trop sucré, pas assez sucré, le bon thé se boit entre les deux. Celui de ta femme se tient juste au milieu. Le ruisseau qui coule entre la maison de ton père et la tienne se tient aussi juste au milieu. De la route, c'est ce qu'on remarque en premier, cette beauté qui se tient juste au milieu. Zahed, ton père était connu dans toute la contrée. Il était un homme de justice. Seul un homme de justice a pu transformer cette terre sans visage en un paradis. Les oiseaux ne se trompent jamais quand il s'agit de paradis. Ils le reconnaissent très vite, même lorsqu'ils se cachent dans l'ombre des montagnes. Dis-moi, Zahed, connais-tu le nom des oiseaux qu'on entend chanter en ce moment ? Sûrement pas. Ils sont trop nombreux et leur chant est trop subtil. Par la fenêtre, j'en vois dont les ailes lancent des éclairs de safran. Ces oiseaux sont venus de très loin. À présent, leurs couleurs vives se mêlent à celles de l'orangeraie où tu viens d'enterrer tes parents. Et leur chant résonne comme une bénédiction. Mais ces oiseaux sans nom peuvent-ils diminuer ta douleur ? Peuvent-ils donner un autre nom à ton deuil ? Non. La vengeance est le nom de ton deuil. Écoute-moi bien maintenant, Zahed. D'autres maisons ont été détruites dans les villages voisins. Beaucoup de gens sont morts à cause des missiles et des bombes. Nos ennemis veulent s'emparer de notre terre. Ils veulent notre terre pour construire leurs maisons et engrosser leurs femmes. Quand ils auront envahi nos villages, ils pourront avancer sur la grande ville. Ils tueront nos femmes. Ils feront de nos enfants des esclaves. Et ce sera la fin de notre pays. Notre terre sera souillée par leurs pas, par leurs crachats. Crois-tu que Dieu va permettre ce sacrilège ? Le crois-tu, Zahed ? » Voilà ce que Soulayed a dit à votre père.

Amed et Aziz n'osaient bouger ou dire quoi que ce soit. Jamais leur père ne leur avait parlé aussi longtemps. Zahed s'est levé. Il a fait quelques pas dans la pièce. Amed a chuchoté à son frère :

— Il réfléchit. Quand il marche comme ça, c'est parce qu'il réfléchit.

Après un long moment, Zahed a ouvert le sac laissé par les hommes venus en jeep. Il y avait à l'intérieur une étrange ceinture qu'il a déroulée. Elle était si lourde qu'il a pris ses deux mains pour la soulever.

— C'est Soulayed qui l'a apportée, a encore dit Zahed à ses fils. Au début, je n'ai pas compris ce qu'il me montrait. Halim a mis la ceinture. C'est à ce moment que j'ai compris pourquoi ces hommes étaient venus me voir. Votre mère est entrée. Elle apportait encore du thé. Elle a vu Halim et elle s'est mise à crier. Elle a renversé le plateau. La théière est tombée sur le plancher. Un verre s'est cassé. J'ai demandé à votre mère de tout ramasser et de revenir avec d'autre thé. Je me suis excusé auprès de Soulayed. Votre mère n'aurait pas dû crier.

Aziz a voulu toucher la ceinture. Son père l'a repoussé. Il a remis la ceinture dans le sac puis a quitté la pièce. Amed et Aziz l'ont observé par la fenêtre disparaître dans les champs d'orangers.

TAMARA NE PARLAIT PAS souvent avec son mari. En fait, elle préférait leurs silences à leurs habituelles disputes. Ils s'aimaient comme ils devaient s'aimer sous le regard de Dieu et des hommes.

Souvent, avant de retrouver son mari déjà couché, elle allait dans le jardin. Elle s'asseyait sur le banc placé devant les roses et respirait les odeurs riches qui montaient de la terre humide. Elle se laissait bercer par la musique des insectes, levait la tête en cherchant la lune des yeux. Elle la regardait comme si c'était une vieille amie qu'elle venait rencontrer. Certaines nuits, la lune lui faisait penser à une empreinte d'ongle dans la chair du ciel. Elle aimait ce moment où elle se tenait seule devant l'infini. Ses enfants dormaient. Son mari l'attendait dans leur chambre, et elle existait peut-être comme une étoile qui brillait pour des mondes inconnus. En contemplant le ciel, Tamara se demandait si la lune avait connu le désir de la mort, celui de disparaître à jamais de la face de la nuit et de laisser les hommes orphelins de sa lumière. Sa pauvre lumière empruntée à celle du soleil.

Sous le ciel étoilé, Tamara ne craignait pas de parler à Dieu. Elle avait le sentiment de mieux Le connaître que son mari. Ses mots chuchotés se perdaient dans le bruit d'eau du ruisseau. Pourtant, elle gardait l'espoir qu'ils montent jusqu'à Lui.

Quand les hommes venus en jeep ont quitté leur maison, Zahed a insisté pour leur offrir des oranges et a demandé à sa femme de l'aider à remplir deux grands paniers. Elle a refusé. Ce soir-là, Tamara est restée plus longtemps qu'à l'accoutumée sur le banc où elle aimait s'asseoir dans la solitude de la nuit. Elle n'osait prononcer les mots qui lui brûlaient la langue. Aussi sa prière, cette fois-ci, est-elle demeurée silencieuse : « Ton nom est grand, mon cœur, trop petit pour Le contenir en entier. Qu'as-Tu à faire de la prière d'une femme comme moi ? Mes lèvres touchent à peine l'ombre de Ta première syllabe. Mais, disent-ils, Ton cœur est plus grand que Ton nom. Ton cœur, si grand soit-il, une femme comme moi peut l'entendre dans le sien. C'est ce qu'ils disent en parlant de Toi, et ils ne font que dire la vérité. Mais pourquoi faut-il vivre dans un pays où le temps ne peut pas faire son travail ? La peinture n'a pas le temps de s'écailler, les rideaux n'ont pas le temps de jaunir, les assiettes n'ont pas le temps de s'ébrécher. Les choses ne font jamais leur temps, les vivants sont toujours plus lents que les morts. Les hommes dans notre pays vieillissent plus vite que leur femme. Ils se dessèchent comme des feuilles de tabac. C'est la haine qui tient leurs os en place. Sans la haine, ils s'écrouleraient dans la poussière pour ne plus se relever. Le vent les ferait disparaître dans une bourrasque. Il n'y aurait plus que le gémissement de leur femme dans la nuit. Écoute-moi, j'ai deux fils. L'un est la main, l'autre, le poing. L'un prend, l'autre donne. Un jour, c'est l'un, un jour, c'est l'autre. Je T'en supplie, ne me prends pas les deux. »

Ainsi avait prié Tamara le soir où elle avait refusé de remplir les deux paniers d'oranges offerts par son mari aux hommes venus en jeep.

Depuis que l'école du village avait été détruite lors d'un bombardement, Tamara s'était improvisée professeur. Chaque matin, elle faisait asseoir les deux garçons dans la cuisine, près des gros chaudrons au cul noirci, et prenait un plaisir évident à jouer son nouveau rôle. Il avait été question de relocaliser l'école, mais personne au village ne s'entendait sur l'endroit. Alors, depuis des mois, les familles se débrouillaient comme elles le pouvaient. Amed et Aziz ne s'en plaignaient pas. Ils aimaient se retrouver dans les odeurs de la cuisine où pendaient du plafond des bouquets de menthe fraîche, des chapelets de gousses d'ail. Ils avaient même fait des progrès. Amed savait mieux écrire, et Aziz, malgré son hospitalisation, affrontait sa table de multiplication avec plus de courage.

Comme les garçons n'avaient plus de livres sous la main, Tamara avait eu l'idée un matin de fabriquer des cahiers avec du papier d'emballage récupéré et c'était eux, petits écrivains de cuisine, qui noircissaient de leurs histoires les pages froissées de ces drôles de livres. Les garçons s'étaient vite pris au jeu. Amed avait même inventé un personnage à qui il faisait vivre des aventures impossibles. Celui-ci explorait des planètes lointaines, creusait des tunnels dans le désert, terrassait des créatures sous-marines. Il l'avait appelé Dôdi et l'avait affublé de deux bouches, une très petite et une très grande. Dôdi utilisait sa petite bouche pour communiquer avec les insectes et les microbes. Il utilisait sa grande bouche pour faire peur aux monstres qu'il combattait vaillamment. Dôdi parlait parfois avec ses deux bouches en même temps. Alors les mots qu'il prononçait se déformaient de façon cocasse, créant des mots nouveaux et des phrases cahotantes qui faisaient rire les petits écrivains en herbe. Tamara s'en amusait beaucoup. Mais depuis la nuit du bombardement et la mort de leurs grands-parents, leurs cahiers improvisés ne racontaient que des histoires tristes et cruelles. Et Dôdi était devenu muet.

Une semaine après la visite des hommes venus en jeep, la voix lointaine de Zahed est parvenue jusque dans la cuisine où Amed et Aziz travaillaient sans enthousiasme sur leurs cahiers. Il les appelait de l'orangeraie, où il passait douze heures par jour à sarcler, arroser, vérifier chaque arbre. Ce n'était pourtant pas l'heure de sa pause. Amed et Aziz ont quitté leurs crayons pour rejoindre en courant leur père, anxieux d'apprendre ce qu'il voulait. Tamara est sortie de la maison. Zahed lui a fait signe de venir aussi. Elle a hoché la tête et est retournée à l'intérieur. Zahed l'a insultée devant ses fils. Jamais il ne l'avait fait. Amed et Aziz ne reconnaissaient plus leur père. Quand il a commencé à parler, sa voix était pourtant plus calme que d'habitude.

— Observez, mes fils, comme la lumière est pure, a dit Zahed. Levez la tête. Regardez, un seul nuage glisse dans le ciel. Il est très haut et s'étire lentement. Dans quelques secondes, il ne sera plus qu'un filament dissous dans l'azur. Regardez. Vous voyez, il n'existe plus.

Tout est bleu. C'est étrange. Il n'y a pas de brise aujourd'hui. La montagne au loin semble rêver. Même les mouches ont cessé de bourdonner. Tout autour de nous les orangers respirent en silence. Pourquoi tant de calme, tant de beauté ?

Amed et Aziz ne savaient quoi répondre à la question surprenante de leur père. Zahed les a pris par la main et les a emmenés au bout du champ, à l'endroit où il avait enterré ses parents. Il les a fait asseoir sur la terre brûlante.

— Regardez comme la tombe de vos grands-parents semble nous dire qu'ils reposent en paix. Qu'ont-ils fait de mal pour mériter leur mort atroce ? Écoutez-moi. L'homme qui accompagnait Soulayed l'autre jour s'appelle Kamal. C'est le père de Halim.

Amed et Aziz gardaient le silence.

— Halim. Vous le connaissez ? Vous ne voulez pas me répondre ? Je sais que vous connaissez Halim. L'autre soir, quand Soulayed s'est tu, son père Kamal m'a parlé à son tour. Sa voix n'était pas aussi ferme que celle de Soulayed. Il m'a dit :

« Zahed, tu as devant toi un grand pécheur. Je ne mérite pas de me tenir en ta compagnie.

Comme Soulayed l'a dit, tu es le digne fils de ton père Mounir, dont la renommée a depuis longtemps dépassé les murs de sa maison. Il faut être en harmonie avec Dieu pour réussir ce que ton père a fait avec ses deux mains. Quelle pitié de contempler sa maison détruite. Quelle honte. Quelle douleur. Accepte les pauvres prières du pécheur que je suis. Je me frappe la poitrine. Je prie pour l'âme de tes parents. »

Et Kamal s'est donné trois grands coups sur le cœur avec le poing. Comme ça, a insisté Zahed en reprenant devant ses fils le geste de Kamal.

Kamal m'a encore dit : « Dieu t'a béni deux fois, Zahed. Réjouis-toi, il a mis dans le ventre de ta femme deux fils semblables. Ma femme est morte en donnant naissance à notre seul fils. Halim est ce que Dieu m'a donné de plus précieux. Pourtant, je l'ai frappé. Regarde, tu vois encore les marques sur son visage. Je l'ai frappé quand il m'a fait part de sa décision. J'ai fermé les yeux et j'ai frappé comme si je frappais un mur. J'ai fermé les yeux parce que je n'aurais pas pu frapper mon fils dans la lumière du jour. Quand j'ai ouvert les yeux, j'ai vu le sang. J'ai fermé les yeux et j'ai frappé plus fort. J'ai ouvert les yeux. Halim n'avait pas bougé. Il se tenait droit devant moi et ses yeux étaient remplis de larmes rouges. Que Dieu me pardonne. Je ne suis qu'un misérable pécheur. Je n'ai pas compris. Je n'ai pas voulu comprendre sa décision. »

« À présent, tu comprends la décision de ton fils », a alors dit Soulayed à Kamal avant d'aller chercher la ceinture dans la jeep.

Pendant l'absence de Soulayed, Halim s'est penché vers moi et m'a parlé comme s'il me révélait un secret :

« Zahed, écoute-moi. Avant ma rencontre avec Soulayed, je maudissais ma mère. Je la maudissais de ne pas être mort avec elle. Pourquoi naître dans un pays qui cherche encore son nom ? Je n'ai pas connu ma mère et je ne connaîtrai jamais mon pays. Mais Soulayed est venu vers moi. Un jour, il m'a parlé. Il m'a dit : "Je connais ton père, je me rends dans son échoppe pour faire ressemeler mes bottes. Kamal est un bon artisan. Il travaille bien. Il demande un juste prix pour son labeur. Mais c'est un homme malheureux. Et toi, son fils, tu es encore plus malheureux que lui. Halim, prononcer le nom de

Dieu ne suffit pas. Je t'ai observé pendant la prière. Où est ta force ? Pourquoi venir te prosterner parmi tes frères et implorer le nom de Dieu ? Ta bouche est vide comme ton cœur. Qui veut de ton malheur, Halim ? Dis-moi, qui peut se nourrir de ta plainte ? Tu as déjà quinze ans et tu n'as encore rien fait de cette vie que Dieu t'a offerte. À mes yeux, tu ne vaux pas mieux que nos ennemis. Ta mollesse nous affaiblit et nous fait honte. Où est ta colère ? Je ne l'entends pas. Écoute-moi, Halim : nos ennemis sont des chiens. Ils nous ressemblent, crois-tu, parce qu'ils ont des visages d'homme. C'est une illusion. Regarde-les avec les yeux de tes ancêtres et tu verras de quoi sont réellement faits ces visages. Ils sont faits de notre mort. Dans un seul visage ennemi, tu peux voir mille fois notre anéantissement. N'oublie jamais ceci : chaque goutte de ton sang est mille fois plus précieuse qu'un millier de leurs visages." »

Quand Soulayed est revenu avec la ceinture, le silence s'est emparé de la nuit, a dit finalement Zahed à ses deux fils qui l'écoutaient, assis dans l'ombre fragile des orangers.

Impressionnés par le récit de leur père, Amed et Aziz comprenaient que la vie dans l'orangeraie ne serait désormais plus la même. C'était la deuxième fois en quelques jours que Zahed leur parlait aussi gravement, lui qui était si avare de ses mots. Il s'est levé péniblement et s'est allumé une cigarette. Il a fumé lentement et, à chaque bouffée, il donnait l'impression de rouler dans sa tête des pensées lourdes, tourmentées.

— Halim va mourir, a annoncé soudainement Zahed en écrasant sa cigarette. À midi, quand le soleil brillera au zénith, Halim va mourir.

Zahed s'est assis près de ses garçons et tous les trois ont attendu en silence que le soleil se place exactement au-dessus de leur tête. À midi, Zahed a demandé à ses fils de regarder le soleil. Ils l'ont fait. Leurs yeux se sont d'abord plissés. Puis ils ont réussi à les maintenir ouverts. Leurs yeux étaient mouillés de larmes. Leur père a fixé le soleil plus longtemps qu'eux.

— Halim se tient près du soleil maintenant.

— Pourquoi ? a demandé Aziz.

— Des chiens habillés. Nos ennemis sont des chiens habillés. Ils nous encerclent. Au sud, ils ont fermé nos villes avec des murs de pierre. C'est là que Halim est parti. Il a traversé la frontière. Soulayed lui a expliqué comment faire. Il est passé par un tunnel secret. Puis il est monté dans un autobus bondé. À midi, il s'est fait exploser.

— Mais comment ?

— Avec une ceinture d'explosifs, Aziz.

— Comme celle que nous avons vue ?

— Oui, Amed, comme celle que vous avez vue dans le sac. Écoutez-moi bien, Soulayed, avant de partir, s'est approché de moi et m'a chuchoté à l'oreille quelque chose. Il m'a dit : « Tu as deux fils. Ils sont nés au pied de la montagne qui ferme notre pays au nord. Peu de gens connaissent aussi bien les secrets de cette montagne que tes deux jeunes fils. N'ont-ils pas trouvé le moyen de se rendre de l'autre côté ? Ils l'ont fait, non ? Tu te demandes comment je sais cela. Halim me l'a raconté. Et ce sont tes fils eux-mêmes qui l'ont raconté à Halim. »

Ayant dit cela, Zahed a agrippé brusquement ses deux garçons par le cou. Il tenait Amed avec sa main droite et Aziz avec sa gauche. Il les soulevait de terre. Il était comme fou. Amed et Aziz avaient l'impression que la terre s'était mise à trembler, que les oranges autour d'eux allaient tomber par milliers de leurs branches.

— Est-ce la vérité ? a hurlé leur père. Qu'avez-vous raconté à Halim ? Mais qu'est-ce que vous avez dit à ce garçon qui vient de se faire exploser ?

Amed et Aziz, incapables de parler, se sont mis à pleurer.

Ce soir-là, Zahed est venu dans leur chambre. Ils étaient déjà couchés. Il s'est penché sur eux. Son corps, dans la pénombre, faisait comme une masse informe. Il parlait très bas. Il leur a demandé s'ils dormaient. Ils n'ont pas répondu. Mais ils ne dormaient pas. Zahed a continué à chuchoter.

— Mes petits hommes, il a dit, Dieu sait ce qu'il y a dans mon cœur. Et vous le savez aussi. Vous m'avez toujours fait honneur. Vous êtes de braves fils. Quand la bombe est tombée sur la maison de vos grands-parents, vous avez montré beaucoup de courage. Votre mère est très fière de vous. Mais elle ne veut pas comprendre ce qui se passe dans notre pays. Elle ne veut pas voir le danger qui nous guette. Elle est très malheureuse. Elle n'a pas salué Soulayed quand il est parti. C'est un homme important. Elle l'a insulté. Elle n'aurait pas dû. Soulayed va revenir, vous comprenez, il va revenir pour vous parler. Dormez à présent.

Il a déposé un baiser sur le front d'Amed. Puis sur celui d'Aziz, comme il l'avait fait à l'hôpital. Quand il est parti, son odeur est demeurée dans la chambre.

Zahed avait raison. Soulayed est revenu très vite. Amed a tout de suite reconnu le bruit de la jeep. Il est sorti de la maison en courant. Soulayed lui a fait signe de venir vers lui. Cette fois-ci, il était seul. Il lui a demandé :

— Es-tu Amed ou Aziz ?

— Je suis Amed.

— Eh bien, Amed, va chercher ton frère Aziz. Je veux vous parler à tous les deux.

Amed est retourné à la maison. Aziz n'était pas encore levé. Parce qu'il avait été malade, sa mère le laissait dormir. Amed l'a secoué.

— Vite, habille-toi. Soulayed est revenu. Il veut nous parler.

Aziz a ouvert grand les yeux, les sourcils relevés d'étonnement. Il faisait penser à un petit chien.

— Tu as entendu ce que je t'ai dit ? Grouille-toi ! Je t'attends en bas.

— J'arrive, a marmonné son frère, encore endormi.

Quelques minutes plus tard, Amed et Aziz se sont approchés de la jeep avec un mélange d'excitation et de méfiance.

— Qu'est-ce que vous attendez, montez, leur a dit Soulayed, le sourire aux lèvres. N'ayez pas peur, je ne vous mangerai pas.

Il a déplacé sa mitraillette vers l'arrière pour leur faire de la place près de lui. Quand la jeep a démarré, Amed a aperçu son père dans l'orangeraie. Celui-ci s'est approché de la route et a regardé la jeep s'éloigner.

Soulayed conduisait vite. Les garçons aimaient ça. Aziz était assis entre Soulayed et son frère. Personne ne parlait. Ils ont quitté la route pour prendre le chemin de terre qui menait à la montagne. Le vent sifflait. La poussière soulevée piquait les yeux. Les garçons ont aperçu le cadavre d'un animal. Soulayed l'a évité d'un coup de volant. Amed lui a demandé ce que c'était. Soulayed a haussé les épaules. Quelques minutes plus tard, la jeep s'est arrêtée brutalement. Ils ne pouvaient pas aller plus loin. La montagne se dressait devant eux, fermant l'horizon de sa masse bleutée. Soulayed est sorti de la jeep. Il a fait quelques pas.

— Qu'est-ce qu'il fait ? a demandé Amed à voix basse à son frère.

Ils ont soudain entendu un bruit d'eau. Aziz a dit en retenant un rire :

— Il se vide la vessie.

Après un moment qui leur a paru très long, Soulayed est revenu s'asseoir dans la jeep. Il a allumé une cigarette. Il a aspiré une longue bouffée et a pointé la montagne tout près.

— Il y a longtemps, j'avais l'habitude de venir ici, leur a-t-il raconté. J'avais votre âge. Avec quelques amis, je me promenais à bicyclette. Je la laissais sur le bord du chemin et je m'aventurais à pied entre les rochers. À l'époque, il y avait encore des loups. Mais les loups ont disparu. Il n'y a plus que des serpents. Il y avait aussi des bosquets de cèdres géants. Des arbres magnifiques. Aujourd'hui, il n'en reste plus qu'une poignée dans les environs. Regardez là-bas, on peut en apercevoir un. Vous le voyez, près de l'escarpement ? Eh bien, ce cèdre, je le connais comme un frère. Il a au moins deux mille ans, et mon plus grand bonheur, quand j'étais enfant, c'était de m'agripper à ses branches et de grimper jusqu'à la plus haute ! Parmi mes amis, j'étais le seul à pouvoir accomplir cet exploit. Je n'avais pas peur, même si je ressentais les effets du vertige. Une fois bien accroché à la dernière branche, je passais des heures à contempler la plaine. Là-haut, j'avais l'impression d'être une autre personne. Je voyais le passé et l'avenir en même temps. Je me sentais immortel... inatteignable ! Je contemplais les deux versants de la montagne juste en tournant la tête. Les jours de ciel bleu, mon regard glissait comme les ailes déployées d'un aigle. Rien ne pouvait l'arrêter. À l'est, j'apercevais la terre jaune de votre grand-père Mounir. Je le traitais de fou. Vouloir planter des arbres de ce côté de la montagne ! Je lui lançais des insultes. Je n'avais pas peur de le faire. Je savais bien qu'il ne pouvait pas m'entendre. Personne ne pouvait m'entendre quand j'étais perché en haut de cet arbre, personne !

Soulayed s'est arrêté de parler et a scruté le ciel comme s'il venait d'entendre un avion passer. Il n'y avait rien dans le ciel, pas même un oiseau. Soulayed a aspiré une dernière bouffée de sa cigarette. Il a lancé le mégot dans les airs d'une pichenette, puis s'est emparé de la mitraillette. Il s'est mis debout dans la jeep et a déchargé son arme dans la direction du cèdre. Le bruit de la rafale a coupé le souffle aux enfants. Ils se sont retrouvés collés au plancher de la jeep. Soulayed a jeté son arme et les a agrippés par le cou comme leur père l'avait fait dans l'orangeraie. Les bras de Soulayed étaient musclés. Une grande force émanait de sa personne.

— Devinez, a-t-il dit avec une voix pleine de fierté, ce que je pouvais voir avec mes yeux d'enfant quand je les tournais vers l'ouest ? Pas cette bande de terre aride où votre grand-père s'est cassé les doigts, non ! Vous n'avez pas idée de ce que je voyais de là-haut ! À l'ouest, il y avait une vallée où nos ancêtres avaient planté des jardins magnifiques. C'était le paradis. Un pur miracle, je vous dis ! On apercevait au loin, derrière une longue rangée d'eucalyptus, les abords d'un village. Entre les maisons, les habitants avaient planté des dattiers et des palmiers. Notre terre se déroulait jusqu'aux contreforts de l'immense chaîne de montagnes qui longe l'océan. Sur mon perchoir, je récitais à tue-tête ces mots de notre grand poète Nahal :

Le paradis est fait d'eau, de sol, de ciel
Et d'un regard que rien n'arrête.
Le regard est la matière secrète de l'espace.
Ne le tuez jamais.

Mais si aujourd'hui tu grimpais en haut de ce cèdre malade, que verrais-tu ? Ou toi, hein, dis-moi, que verrais-tu ?

Soulayed a secoué un des garçons par les épaules.

— Eh bien, tu ne réponds rien ? Qu'est-ce que tu verrais aujourd'hui ?

Il le secouait à lui faire mal. Amed ne disait rien.

— Tu as perdu ta langue ? Eh bien ?

Amed était terrorisé. Soulayed est sorti de la jeep. Il a fait quelques pas. Puis il est revenu vers les enfants. Il a donné un grand coup de botte sur une roue de la jeep. Un peu d'écume brillait au coin de ses lèvres.

— C'est finalement votre grand-père Mounir qui a eu raison, a-t-il crié avec amertume. Il a planté ses orangers du bon côté de la montagne ! Allez, sortez de la jeep ! Ne me regardez pas comme ça. Vous savez très bien pourquoi je vous ai emmenés ici.

Soulayed a poussé les garçons hors de la jeep. Amed a pris la main de son frère. La sienne tremblait.

— Vous connaissez cet endroit, je le sais. Avant les bombardements, vous aviez l'habitude de venir ici. Je vous ai même aperçus un jour sur vos bicyclettes. Vous vous rendiez ici, pas vrai ? J'en suis certain. Et je sais pourquoi. Vous l'avez raconté à Halim. Et Halim me l'a raconté.

— Nous n'avons rien raconté à Halim, il a menti, s'est empressé de répondre Amed.

Soulayed a souri. Il a posé ses deux mains sur les épaules d'Amed.

— N'aie pas peur, petit, tu n'as rien fait de mal.

Amed s'est dégagé. Il s'est mis à courir vers le chemin de terre. Soulayed s'est tourné vers l'autre garçon. Il lui a demandé s'il était Amed ou Aziz.

— Je suis Aziz.

Alors il s'est tourné vers Amed qui s'enfuyait. Il lui a crié :

— Amed, Amed, écoute-moi, Halim m'a parlé du jour où la corde de votre cerf-volant s'est cassée. Je sais ce qui s'est passé ce jour-là. Dieu est grand. C'est Lui qui a cassé la corde de votre cerf-volant. Crois ce que je te dis, Amed ! Il l'a cassée pour que les choses se passent comme elles doivent se passer.

Amed s'est arrêté de courir. Soulayed a pris la main d'Aziz et l'a entraîné avec lui vers son frère. Ils se sont assis tous les trois à l'ombre d'un rocher.

— Vous êtes venus ici pour lancer votre cerf-volant. Tous les enfants des environs savent que c'est le meilleur endroit pour le faire. Mais depuis les bombardements personne ne se risque plus à venir ici. Vous deux, vous êtes venus malgré le danger. Et votre corde s'est cassée. Et le cerf-volant, libéré, s'est envolé comme s'il avait voulu rejoindre, au-delà de la côte, l'immensité de l'océan. Et soudain le vent s'est arrêté. Comme par magie. Vous avez observé le cerf-volant descendre du ciel et disparaître de l'autre côté de la montagne. Et vous êtes partis à sa recherche comme si c'était la chose la plus précieuse au monde. Du papier et du vent ! J'imagine qu'il devait être fabuleux, votre cerf-volant. Avec plein de couleurs vives. Peut-être avait-il la forme d'un oiseau ou d'un dragon. D'une libellule, peut-être ?

— Non, non, rien de tout cela, a dit Aziz. C'est notre grand-père Mounir qui l'avait fabriqué. Juste du papier et du vent, comme vous venez de le dire.

— Et vous avez commencé à escalader la montagne. J'ai raison ? Répondez-moi !

— Il fallait revenir à la maison avec le cerf-volant, sinon notre père nous aurait questionnés, a expliqué Amed.

— Oui, a poursuivi Aziz, qui s'est mis à imiter la voix de son père : « Où l'avez-vous perdu ? Vous n'avez pas de cœur. Perdre le cadeau de votre grand-père ! Où êtes-vous allés ? »

— Il aurait attendu notre réponse, a repris Amed. Et nous aurions dit la vérité, nous ne pouvons pas mentir à notre père.

— C'est bien, il ne faut jamais mentir à celui qui vous a donné la vie.

— Notre père nous aurait tués, a dit Aziz, s'il avait appris que nous étions venus jusqu'ici.

Il fallait revenir avec le cerf-volant. Nous avons commencé à monter dans la montagne. Elle n'est pas très haute. Et il y a comme un fantôme de chemin qui serpente entre les rochers. Nous l'avons suivi facilement. Nous avons ri. C'était excitant de monter si haut et d'apercevoir en bas la vallée et, très loin, la tache verte de l'orangeraie.

— Celui qui a le courage de s'élever embrasse d'un seul coup d'œil toute sa vie. Et aussi toute sa mort.

Soulayed a souri en disant cela. Il a offert des cigarettes aux garçons. Ils ont fumé, assis tous les trois sur le sol qui devenait, malgré l'ombre, de plus en plus brûlant. La sueur brillait sur le cou de Soulayed.

— C'est finalement votre grand-père Mounir qui a eu raison. Il a planté à l'époque ses orangers du bon côté de la montagne. Car, de l'autre côté, nos morts ont été expulsés de leurs tombeaux. Et les vivants ont été massacrés. Leurs maisons, détruites. Leurs champs, leurs jardins, rasés. Chaque jour qui passe, nos ennemis rongent la terre de nos ancêtres. Ce sont des rats !

Soulayed a pris une longue bouffée de sa cigarette.

— Eh bien, Amed, et toi, Aziz, quand vous êtes arrivés au sommet, qu'est-ce que vous avez vu de l'autre côté ?

— L'autre côté du ciel, a répondu Aziz. J'ai vu l'autre côté du ciel. Il n'avait pas de fin. Comme si mes yeux n'arrivaient pas à aller plus loin que lui. Et puis, dans la poussière soulevée par le vent, j'ai vu au loin une ville, une drôle de ville.

— Ce n'était pas une ville, a précisé Amed. Ça ne ressemblait pas à une ville. À chaque bout, il y avait des tours qui lançaient dans le ciel des éclairs de lumière.

— Des baraques militaires, voilà ce que vous avez vu. Vous avez vu des entrepôts entourés de barbelés. Et vous savez ce qu'il y a à l'intérieur ? Notre mort. Ils la planifient depuis des années. Mais Dieu a cassé la corde de votre cerf-volant et c'est leur propre mort qu'ils entreposent à présent.

Amed et Aziz ne comprenaient pas les dernières paroles de Soulayed et se demandaient si celui-ci n'était pas en train de perdre la raison.

— Vous saviez ce que vous alliez voir de l'autre côté de la montagne. Qui ne le sait pas ? Nous sommes en guerre depuis si longtemps. Vous le saviez, non ? Et c'est ce que vous avez raconté à Halim.

— Non ! Nous ne le savions pas !

— Ne mens pas !

— Mon frère ne ment pas ! a hurlé Aziz en se levant. Il a seulement raconté à Halim que notre cerf-volant avait réussi à voler au-delà de la montagne.

— Je voulais juste l'impressionner, c'est tout, a ajouté Amed, des larmes dans la voix. Halim était le meilleur dans la région pour faire voler les cerfs-volants. Je n'ai rien fait de mal.

— Écoutez-moi, tous les deux. Peu im porte si vous le saviez ou non. Et peu importe ce que vous avez vraiment raconté à Halim. Ce n'est pas ça qui est important. Ce sont des enfantillages. N'en parlons plus. Voulez-vous savoir ce qui s'est réellement passé ce jour-là ?

Soulayed s'est levé sans attendre leur réponse et, à grandes enjambées, s'est dirigé vers la montagne.

— Suivez-moi !

Ils ont marché tous les trois pendant une bonne dizaine de minutes sous le soleil avant d'arriver au pied de la montagne.

— C'est par ici, j'imagine, que vous avez escaladé la montagne pour récupérer votre cerf-volant ?

— Oui, a admis Aziz.

— Juste là, a précisé son frère.

— C'est bien ce que je croyais.

Soulayed a entouré de ses bras les deux garçons.

— Vous ne saviez pas qu'à chacun de vos pas vous risquiez de sauter sur une mine. Vous ne le saviez pas, hein ?

Soulayed a caressé la tête des garçons.

— Un miracle : voilà ce qui s'est vraiment produit ce jour-là. Dieu a cassé la corde de votre cerf-volant et Dieu a guidé vos pas dans la montagne.

Ils sont retournés à la route en silence. Aziz avait envie de vomir à cause de la cigarette que lui avait offerte Soulayed.

De retour à la jeep, Soulayed a éclaté d'un grand rire. Il a ramassé une bouteille d'eau qui traînait à ses pieds. Elle était à moitié pleine. Il l'a ouverte et en a versé le contenu sur sa tête. L'eau a ruisselé sur ses cheveux et sa barbe et a mouillé sa chemise. Son rire a fait peur aux garçons. Il s'est tourné vers eux, leur a montré son large sourire. Ses dents blanches étaient belles, sans aucun défaut. Il a démarré. Amed n'a pas osé lui dire qu'il avait soif lui aussi. Il a cherché des yeux si une autre bouteille d'eau traînait. Il n'y en avait pas d'autre. Soulayed conduisait plus vite qu'à l'aller. Il a dit, en parlant très fort dans le bruit de la jeep et du vent :

— Avez-vous maintenant réalisé ce que vous avez accompli ? Vous avez trouvé un chemin pour vous rendre jusqu'à cette drôle de ville. Vous êtes les seuls à l'avoir fait. Tous ceux qui ont tenté de le faire ont été déchiquetés par les mines. Dans quelques jours, l'un d'entre vous retournera là-bas. Toi Aziz, ou toi Amed. Votre père décidera. Et celui qui aura été choisi portera une ceinture d'explosifs. Il descendra jusqu'à cette drôle de ville et la fera disparaître à jamais.

Soulayed, avant de les quitter, leur a encore dit :

— Dieu vous a choisis. Dieu vous a bénis.

Amed s'est réfugié dans la maison. Aziz a longtemps regardé le nuage de poussière soulevé par le départ de la jeep.

Depuis que les garçons attendaient le retour de Soulayed, le temps était devenu étrangement long. Les minutes s'étiraient comme si elles étaient faites avec de la pâte. L'un des frères partirait à la guerre et ferait exploser les baraques militaires de la drôle de ville comme l'avait appelée Soulayed. Ils en parlaient sans arrêt. Sur qui le choix de leur père s'arrêterait-il ? Pourquoi l'un plutôt que l'autre ? Aziz jurait qu'il ne laisserait pas partir son frère sans lui, Amed affirmait la même chose. Malgré leur jeune âge, ils étaient conscients de l'honneur que Soulayed leur avait fait. Ils étaient subitement devenus de vrais combattants.

Pour tuer le temps, ils s'amusaient à se faire exploser dans l'orangeraie. Aziz avait chipé à son père une vieille ceinture qu'il avait alourdie de trois petites boîtes de conserve remplies de sable. Ils la portaient à tour de rôle, se glissant dans la peau du futur martyr. Les orangers jouaient aussi à la guerre avec eux. Ils se métamorphosaient en ennemis, interminables rangées de guerriers prêts à lancer leurs fruits explosifs au moindre bruit suspect. Les garçons se faufilaient entre eux, rampant et s'écorchant les genoux. Au moment où ils actionnaient le détonateur – un vieux lacet –, les arbres se déracinaient sous l'impact de l'explosion et grimpaient au ciel en mille fragments avant de retomber sur leurs cadavres déchiquetés.

Amed et Aziz tentaient d'imaginer l'impact au moment fatal.

— Tu crois qu'on va avoir mal ?

— Non, Amed.

— Tu es certain ? Et Halim ?

— Quoi Halim ?

— Il doit y avoir des petits morceaux de Halim un peu partout maintenant.

— J'imagine.

— Tu crois que c'est un problème ?

— Pourquoi un problème ?

— Pour monter là-haut.

— Réfléchis, Amed. Ce n'est pas important ce qui arrive sur terre. Le vrai Halim, le Halim complet, il est déjà là-haut.

— C'est ce que je pense aussi, Aziz.

— Alors pourquoi tu te fais du souci ?

— Pour rien. Hier, j'ai rêvé. Notre père m'avait choisi. Avant de partir, je t'ai donné mon camion jaune.

— Quel camion jaune ?

— Celui de mon rêve.

— Tu n'as jamais eu de camion jaune.

— Dans mon rêve, j'en avais un. Je te l'ai donné. Et je suis parti avec la ceinture.

— Et moi ?

— Quoi ?

— Qu'est-ce que j'ai fait quand tu es parti avec la ceinture ?

— Tu t'es amusé avec le camion jaune.

— Ton rêve est stupide, Amed.

— C'est toi qui es stupide !

Les deux frères se sont observés en silence un long moment. Chacun tentait de deviner ce que l'autre pensait. Aziz a vu dans le regard de son frère monter des larmes.

— Aziz, est-ce que tu entends des voix parfois ?

— Qu'est-ce que tu veux dire ?

— Des voix qui parlent dans ta tête.

— Non, Amed.

— Jamais ?

— Jamais.

Amed était déçu de la réponse de son frère.

Au début, il avait cru que tout le monde entendait des voix résonner dans sa tête. « Si c'est ainsi que les choses fonctionnent... » Mais avec le temps Amed était arrivé à la conclusion qu'il était peut-être le seul dans tout l'univers à vivre un pareil phénomène. Personne autour de lui n'avait mentionné qu'une telle chose puisse exister. Une seule fois, il avait trouvé le courage d'en parler à sa grand-mère Shahina, mais il n'avait pu rapporter aucune des paroles étranges que ces voix fabriquaient sans s'annoncer.

Les voix déroulaient en lui des sons incohérents, retournaient à l'envers des mots ou répétaient à l'infini une phrase qu'il venait de dire ou que son frère ou sa mère avait prononcée la veille. Amed avait la sensation d'abriter en lui un Amed minuscule, une sorte de noyau de lui-même qui aurait été fabriqué dans une matière beaucoup plus dure que sa propre chair et qui aurait possédé plusieurs bouches, comme son personnage Dôdi. Parfois les voix s'exprimaient comme si elles savaient plus de choses qu'Amed lui-même. Peut-être étaient-elles nées avant lui ? Peut-être avaient-elles vécu ailleurs avant de se loger en lui ? Peut-être, quand il dormait, voyageaient-elles et accumulaient-elles des connaissances inaccessibles pour lui ? Peut-être connaissaient-elles d'autres langues que la sienne et, malgré les moments où elles déformaient les mots ou les martelaient sans raison apparente, avaient-elles des choses importantes à lui dire ?

Zahed a passé plusieurs jours à ramasser les débris de la maison de ses-parents. Il a nettoyé le terrain. Il a récupéré des photos, des vêtements, un peu de vaisselle. Mais il n'a pas gardé les quelques meubles qui pouvaient encore servir. Tamara l'a aidé comme elle a pu. Les garçons ont proposé de donner un coup de main, mais leur père les a chassés. Mari et femme ont travaillé en silence. Un silence pénible et lourd. Plusieurs fois Tamara a voulu ouvrir la bouche autant de fois elle a retenu ses phrases. Et elle a senti que c'était la même chose pour Zahed. Un camion est venu récupérer ce qui restait des murs de la maison. Il n'y avait plus que le plancher avec ses taches de sang. Zahed a pris sa femme par la main. Elle n'a pas compris ce qu'il voulait faire. Devant sa nervosité, il lui a demandé de s'asseoir. Elle a obéi. Il s'est assis près d'elle sur le plancher orphelin de ses murs, en deuil de ses habitants. Tamara a eu envie de rire. Elle avait l'impression que la maison de ses beaux-parents venait d'être emportée par le vent et qu'ils étaient, son mari et elle, sur le point de s'arracher à leur tour à la terre pour la quitter pour de bon.

C'est Zahed qui a brisé le silence :

— Ce sera Amed. C'est lui qui portera la ceinture.

Le cœur de Tamara s'est arrêté.

— Je sais ce que tu penses, a poursuivi péniblement Zahed. Je sais ce que tu as envie de me dire. J'ai réfléchi, longuement réfléchi. Ce ne sera pas Aziz. J'aurais honte, Tamara. Je ne pourrais plus vivre si je demandais à Aziz de porter la ceinture. Je ne pourrais plus m'adresser à Dieu. Oui, Tamara, j'ai réfléchi longuement à tout cela. J'ai retourné la question des milliers de fois dans mon cœur et…

— Mais Aziz va… a tenté de dire Tamara sans pouvoir terminer sa phrase.

— Oui, Aziz va mourir, je le sais comme toi. Je t'ai rapporté ce que le médecin m'a expliqué. Ce ne serait pas un sacrifice s'il portait la ceinture. Ce serait une offense. Et ça se retournerait contre nous. Et puis Aziz, dans son état, ne pourrait pas réussir. Il est trop faible. Non, Tamara, ça ne peut pas être Aziz. On n'envoie pas un enfant malade à la guerre. On ne sacrifie pas ce qui déjà est sacrifié. Essaie de le formuler avec tes mots, Tamara, tu arriveras à la même conclusion. C'est Amed qui partira.

Tamara pleurait et faisait non de la tête, incapable de parler.

— Pourquoi crois-tu que Soulayed est venu me présenter ses condoléances en compagnie de Kamal ? Écoute-moi, cet homme a perdu sa femme à la naissance de son unique fils. Et il a accepté de le sacrifier.

Zahed s'est levé. Tamara l'a vu disparaître, le dos courbé, dans les champs d'orangers. Elle n'était pas étonnée. Elle savait que Zahed allait choisir Amed. Elle l'avait, au fond, toujours su. Et c'est cela qui l'avait rendue muette de douleur.

Ce soir-là, dans le jardin, elle a regardé la lune pour s'imprégner de sa lumière lointaine. Tout à coup, elle s'est souvenue d'une chanson. Sa mère la lui murmurait à l'oreille pour l'endormir :

Un jour nous serons lumière.
Nous vivrons dans des yeux toujours ouverts.
Mais ce soir, petite, ferme tes paupières.

Une sensation de froid a envahi son ventre. Elle a cru qu'elle était malade. Mais le froid, qui d'habitude descend, est monté jusqu'à ses lèvres, sa langue. Et des mots glacés se sont formés dans sa bouche. Elle a compris qu'il était trop tard. Rien ne pourrait désormais faire fondre ces mots et la pensée qu'ils renfermaient. Elle a attendu que la nuit règne sur la maison, puis elle est montée, sans faire de bruit, dans la chambre des garçons. Elle entendait le sifflement de leur respiration. Ils dormaient profondément. Elle s'est approchée du lit d'Amed et a posé la main sur son front. Elle a attendu qu'il se réveille. Quand il a entrouvert les yeux, elle lui a pris la main tendrement.

— Ne dis rien, ne réveille pas ton frère, suis-moi.

Ils sont sortis de la chambre comme des voleurs. Elle est retournée avec Amed dans le jardin. Ils se sont assis sur le banc qui faisait face aux roses, le « banc à la lune », comme Tamara aimait en secret l'appeler. Amed ne paraissait pas trop surpris qu'elle l'éveille en pleine nuit et qu'elle le traîne hors de la maison. Ses paupières étaient encore lourdes de sommeil.

— Écoute-moi, Amed. Bientôt, ton père entrera dans ta chambre sans faire de bruit pour ne pas réveiller ton frère, s'approchera de toi et posera sa main sur ta tête comme je l'ai fait moi-même tout à l'heure. Et toi, tu sortiras lentement de ton sommeil et tu comprendras, en voyant son visage penché sur le tien, qu'il t'a choisi. Ou il te prendra par la main, t'emmènera dans l'orangeraie et te fera asseoir au pied d'un arbre pour te parler. Je ne sais pas en fait comment ton père va te l'annoncer, mais tu le sauras avant même qu'il n'ait ouvert la bouche. Tu sais ce que ça signifie ? Tu ne reviendras pas de la montagne. Je ne suis pas au courant de tout ce que Soulayed vous a raconté, à ton frère et à toi, mais je le devine. Ton père dit que c'est un homme qui voit l'avenir. Un homme important qui nous protège de nos ennemis. Tous le respectent, personne n'oserait lui désobéir. Ton père le craint. Moi, dès que je l'ai vu, je l'ai trouvé arrogant. Ton père n'aurait pas dû accepter qu'il passe le seuil de notre maison. Qui lui a donné le droit d'entrer chez les gens et de leur enlever leurs enfants ? Je ne suis pas sotte. Je sais bien que c'est la guerre et qu'il faut faire des sacrifices. Et je sais que vous êtes courageux, ton frère et toi. Vous avez dit à votre père que ce serait un honneur et votre devoir de porter cette ceinture. Il m'a rapporté vos paroles. Vous êtes prêts à suivre les pas de Halim et de tous les autres. Votre père est bouleversé. Il est fier de votre détermination. Dieu nous a donné les deux meilleurs fils du monde, mais moi, Amed, je ne suis pas la meilleure mère du monde. Tu te souviens de ma cousine Hajmi ? Tu t'en souviens, n'est-ce pas ? Elle était malade. Aziz souffre de la même maladie. Ses os sont en train de disparaître. C'est comme s'ils fondaient dans son corps. Ton frère va mourir, Amed.

— Je ne te crois pas.

— N'accuse pas ta mère de mentir. Le médecin de la grande ville l'a dit à ton père. Aziz ne verra peut-être pas la prochaine récolte. Ne pleure pas, mon chéri, c'est trop dur, je t'en prie, ne pleure pas.

— Maman.

— Écoute-moi, Amed, écoute-moi. Je ne veux pas que ce soit toi qui portes la ceinture.

— Qu'est-ce que tu dis ?

— Je ne veux pas perdre mes deux fils. Parle à ton frère, persuade-le de prendre ta place.

— Jamais.

— Dis-lui que tu ne veux pas porter la ceinture.

— Ce n'est pas vrai.

— Dis-lui que tu as peur.

— Non !

— Oh, Amed, mon petit, Aziz sera plus heureux s'il meurt là-bas ! Tu sais ce qui l'attend autrement ? Il va mourir dans son lit dans des souffrances atroces. Ne le prive pas d'une mort glorieuse où Dieu l'accueillera avec tous les honneurs d'un martyr. Je t'en prie, demande à Aziz de prendre ta place. N'en parle à personne, surtout pas à ton père, ce sera notre secret jusqu'à notre mort.

Amed est retourné se coucher comme un petit fantôme titubant. Tamara est demeurée assise sur le banc à la lune. Elle s'efforçait de calmer les battements de son cœur. Après un long moment, elle a tendu la main vers la rose la plus proche. Elle a caressé du bout des doigts ses pétales. Tamara avait l'impression de voir le cœur de la fleur respirer. « Le parfum des fleurs est leur sang, lui avait dit un jour Shahina. Les fleurs sont courageuses et généreuses. Elles répandent leur sang sans se soucier de leur vie. Voilà pourquoi elles se fanent si vite, épuisées d'avoir offert leur beauté à qui veut bien la voir. » Shahina avait planté ce rosier à la naissance des jumeaux. C'était sa façon de célébrer l'arrivée de ses petits-fils. Tamara s'est brusquement levée du banc et s'est mise à arracher les roses. Ses mains saignaient, blessées par les épines. Elle se sentait odieuse. Cette pensée atroce, elle l'avait pleinement exprimée : elle avait envoyé son fils malade à la mort.

Le lendemain, une voix a réveillé Amed bien avant son frère. À sa grande surprise, elle possédait les accents et le rythme particuliers de la voix de Halim. Pas d'erreur, c'était bien la sienne. Elle parlait en lui sans vraiment s'adresser à lui, comme si elle était une chanson chantée par personne, qui n'avait pas besoin qu'on l'écoute pour exister.

« Ma corde s'est cassée... ma corde s'est cassée... » répétait la voix de Halim.

Pendant un moment, Amed a cru que le jeune homme à la ceinture, revenu du pays des morts, se trouvait dans la chambre.

« Ma corde s'est cassée... ce n'est pas la faute du vent... un bruit horrible a cassé ma corde... mes oreilles saignent... je n'entends plus rien... »

Amed s'est redressé sur son lit et a regardé autour de lui. Il n'a vu personne dans la pénombre. Mais il savait bien qu'il ne trouverait dans la chambre que son frère endormi près de lui.

« Je me rapproche du soleil... je monte... je monte... ce n'est pas à cause du vent... c'est la faute du bruit... je n'entends plus rien et je ne vois plus la terre... le blanc des nuages m'avale... personne ne peut plus m'apercevoir... »

Amed a placé ses mains sur ses oreilles, mais la voix s'est faite encore plus forte.

« Un bruit cruel a cassé ma corde... je brûle... seul dans le ciel immense... je ne reviendrai plus… je brûle… seul dans l'absence du vent… »

Amed s'est levé et s'est approché de la fenêtre. C'était l'aube. Les premiers rayons du soleil touchaient la cime des orangers qu'il apercevait au loin. Longtemps il a regardé le ciel devenir bleu. La voix s'est calmée peu à peu. Quand elle s'est complètement tue, il est retourné se coucher. Il entendait battre son cœur. Il a enserré très fort Aziz. Il pressait son corps sur celui de son frère comme pour disparaître en lui.

Avait-il rêvé ou sa mère lui avait-elle réellement dit que les os de son frère étaient en train de fondre ? Avait-il rêvé ou sa mère lui avait-elle réellement dit qu'il valait mieux pour son frère qu'il fasse exploser ses os de l'autre côté de la montagne ? Le corps qu'il enlaçait lui est apparu tout à coup si friable… Non, il ne laisserait pas Aziz porter à sa place la ceinture d'explosifs.

Aziz s'est réveillé et l'a repoussé brusquement.

— Qu'est-ce que tu fais, Amed ?

— Rien. Lève-toi, il est déjà tard.

La mort cruelle de ses parents n'avait pas changé la routine de Zahed. Au contraire, il travaillait avec encore plus d'acharnement. L'orangeraie avait pris à ses yeux une valeur supplémentaire. Elle était à présent le sanctuaire où reposaient les dépouilles de ses parents. Il vérifiait chaque arbre, enlevait les branches malades, irriguait le sol en ayant le sentiment d'accomplir des gestes sacrés. Le parfum qui montait de la terre le rassurait, lui permettait de croire que l'avenir avait encore un sens. Il se sentait en sécurité parmi ses arbres, comme si aucune bombe ne pouvait percer le bouclier de leur feuillage. Son cœur le savait : ses champs d'orangers étaient ses seuls amis.

Adossé contre un arbre, Zahed a pourtant laissé couler ses larmes ce jour-là. Il pensait à son père Mounir. Qu'aurait-il fait à sa place ? Aurait-il choisi Amed ou Aziz ? Il attendait un signe de son père défunt, assis sous le feuillage de l'oranger qu'il venait de tailler. Toute la matinée, Zahed a réfléchi à ce qu'il allait dire à Amed.

« De toute façon, a-t-il fini par se dire, ça n'a pas de sens d'envoyer l'un à la mort en sachant que celle-ci a déjà touché l'autre de sa main invisible. Mais que faire ? »

Il a essuyé ses larmes et a quitté l'orangeraie. Près de la maison, il a observé ses fils s'amuser dans le jardin. Ils venaient de laisser leur mère et sa classe improvisée dans la cuisine. Hésitant, il s'est approché d'eux. Amed et Aziz ont senti sa présence et sont allés à sa rencontre, étonnés que leur père ne soit pas à cette heure en train de travailler. Zahed a contemplé en silence ses deux fils, comme s'il les voyait pour la première fois ou la dernière fois, il ne savait plus trop quelle émotion étranglait sa gorge. Il a pris Amed par la main et l'a emmené avec lui, laissant Aziz dans le désarroi.

— Où m'emmènes-tu ?

Il savait pourtant ce que son père voulait faire. Zahed a gardé le silence en serrant plus fort la main de son fils. Ils ont marché jusqu'à la remise à outils. Son père lui a remis une clé et lui a demandé d'ouvrir le gros cadenas de fer. Amed a obéi. Puis Zahed a poussé la lourde porte de bois. Quand ils sont entrés dans la remise, deux oiseaux se sont échappés par une lucarne ouverte au-dessus de leurs têtes. Amed a eu peur. La porte s'est refermée derrière eux. Un rayon de soleil traversait l'espace du plafond où des millions de poussières dansaient. On aurait dit une longue épée vivante. Ça sentait l'huile et la terre humide.

— C'est ici que je l'ai rangé, a murmuré Zahed.

Il est allé dans un coin, a soulevé une vieille bâche. Il est revenu près de son fils avec le sac de toile qu'avait apporté Soulayed. Il s'est accroupi et a fait asseoir Amed près de lui.

— Il faut enfermer les morts dans la terre, a-t-il dit comme si chaque mot prononcé remontait des profondeurs de la terre elle-même. Parce que c'est ainsi… c'est ainsi que les morts entrent dans le ciel. En les enfermant dans la terre. C'est ainsi que j'ai enterré mes parents. Tu m'as vu, j'ai pris ma vieille pelle et j'ai creusé un trou. Tu as vu les vers qui allaient célébrer l'enterrement. Le plus difficile, ce n'est pas de jeter la terre dans le trou pour le recouvrir, tu m'as vu, j'ai bien fermé le trou. Le plus difficile, c'est de chercher dans les débris. Ma mère, j'ai vu sa tête ouverte. Je ne reconnaissais plus la bonté de son visage. Du sang, il y en avait sur les murs percés, sur les assiettes cassées. J'ai ramassé avec mes mains nues les restes de mon père. Il y en avait beaucoup. Je vous ai demandé, à ton frère et à toi, de ne pas vous approcher. Je l'ai demandé aussi à votre mère. Personne ne devrait avoir à faire ça. Personne, même le plus coupable des hommes, ne devrait chercher les restes de ses parents dans les décombres de leur maison. J'ai creusé le trou qui ouvre le ciel en deux, disent nos ancêtres. Et j'ai entendu la musique assommante des mouches, disent aussi nos ancêtres. Mon fils, il ne faut pas avoir peur de la mort.

Au fil des phrases, la voix de Zahed s'était adoucie dans la pénombre de la remise. Amed trouvait inquiétant et apaisant à la fois d'entendre son père lui parler de cette façon.

— Nous vivons chaque jour dans la crainte qu'il soit le dernier. Nous dormons mal et, quand nous le faisons, des cauchemars nous poursuivent. Des villages entiers sont détruits chaque semaine. Nos morts augmentent. La guerre s'intensifie, Amed. Nous n'avons plus le choix. La bombe qui a détruit la maison de tes grands-parents venait de l'autre versant de la montagne. Tu le sais, non ? D'autres bombes vont venir de cet endroit maudit. Chaque matin, quand j'ouvre les yeux et que je constate que l'orangeraie se tient encore debout sous le soleil, je remercie Dieu pour ce miracle. Ah, Amed, si je le pouvais, je prendrais ta place. Ta mère n'hésiterait pas une seconde non plus. Et ton frère non plus. Surtout ton frère qui t'aime tant. Soulayed va revenir. C'est lui qui va t'emmener au pied de la montagne. Il va revenir bientôt avec sa jeep, dans quelques jours ou peut-être dans quelques semaines, mais sûrement avant la récolte. C'est toi qui porteras la ceinture.

Zahed a ouvert le sac de toile. Ses mains tremblaient légèrement. Amed l'a remarqué malgré le peu de lumière qui régnait dans la remise. En observant son père, il a imaginé que celui-ci extirpait du sac une chose vivante, grise ou verte, animal inconnu et dangereux.

— Je dois te dire autre chose. Ton frère n'est pas encore guéri. Il ne pourrait pas porter la ceinture. Il est trop faible. C'est pour ça que je t'ai choisi.

— Et si Aziz n'avait pas été malade, qui aurais-tu choisi ? a demandé Amed avec un aplomb qui a surpris son père.

Pendant un long moment, Zahed n'a pas su quoi répondre à son fils, qui regrettait déjà sa question. Amed savait bien que son frère n'était pas simplement malade, mais qu'il ne pouvait plus guérir. Tamara n'avait laissé aucun doute sur la gravité de sa maladie. Il allait mourir. Comme lui-même s'il ne faisait pas l'échange avec son frère.

— J'aurais demandé aux oranges de décider à ma place.

— Aux oranges ?

— Voilà ce que j'aurais fait : j'aurais donné une orange à ton frère, puis une autre à toi. Celui qui aurait trouvé le plus de pépins dans son orange, eh bien, c'est lui qui serait parti.

Amed a souri. Zahed s'est levé. La manière dont il tenait dans ses mains la ceinture d'explosifs donnait à l'objet une importance solennelle. Amed a alors constaté qu'elle était loin de ressembler à celle que son frère et lui s'étaient fabriquée pour s'amuser. Elle paraissait lourde et mesquine. Amed s'en est approché et l'a touchée avec précaution.

— Tu veux la prendre ?

— Ce n'est pas dangereux ? a demandé Amed en reculant d'un pas.

— Non. Elle n'est pas encore reliée à un détonateur. Tu sais, c'est ce qui va te permettre de… enfin, tu sais ce que je veux dire.

Amed savait très bien ce qu'était un détonateur. Son père lui a remis la ceinture.

— Soulayed m'a fait comprendre que tu devrais aimer la ceinture. Que tu devrais la considérer comme faisant partie de toi. Tu peux la porter quand tu veux. Tu dois t'habituer à son poids, à son contact. Mais ne la sors jamais d'ici. Tu as compris ? Et surtout ne viens pas ici avec ton frère, ça compliquerait les choses.

— Je te le promets.

— Tu n'as pas peur ?

— Non, a menti Amed, je n'ai pas peur.

— Tu es courageux. Je suis fier de toi. Nous sommes tous fiers de toi.

Il y a eu un long silence pendant lequel le père n'osait plus regarder le fils.

— Tiens, je te donne la clé du cadenas. À partir de maintenant, tu peux venir ici quand tu veux.

Zahed s'est penché sur Amed et a déposé un baiser sur son front. Puis il est sorti. Quand il a ouvert la porte, la lumière du jour est entrée violemment dans la remise, aveuglant Amed. Une fois la porte refermée, celui-ci s'est retrouvé dans le noir le plus complet, la ceinture dans les mains. Il osait à peine respirer. Soudain, il a cru voir apparaître un visage qui flottait dans l'espace.

— Grand-père, c'est toi ?

Amed était certain d'avoir aperçu le visage de son grand-père Mounir. Il savait bien qu'il était mort et enterré dans l'orangeraie, mais la vision était si puissante qu'il l'a appelé de nouveau.

— Réponds-moi, grand-père, c'est toi ?

Ses yeux s'étant habitués à l'obscurité, Amed distinguait à nouveau les murs de la remise et les outils rangés sur des étagères de fortune. Le rayon de soleil venant de la lucarne faisait étinceler des faux, des sécateurs, des bouts de pelle et de scie. Amed a jeté un coup d'œil autour de lui. La vision s'était envolée pour de bon. Il a respiré profondément et il a mis autour de ses reins la ceinture. Ses muscles se sont raidis. Il a fait quelques pas mal assurés.

— Je suis maintenant un vrai soldat.

Aziz, accroupi derrière un bosquet du jardin, a vu son père sortir de la remise sans Amed et retourner travailler dans l'orangeraie. Il n'était pas surpris du choix de son père. Il a attendu qu'Amed sorte à son tour, mais en vain. Après un long moment, il a décidé d'aller le rejoindre dans la remise. Il a entrouvert lentement la grande porte.

— Amed, qu'est-ce que tu fais ?

Comme son frère ne répondait pas, il a fait un pas à l'intérieur.

— Je sais que tu es là. Réponds-moi.

— N'entre pas.

— Pourquoi ?

— Laisse-moi seul.

Aziz s'est avancé et il a distingué la silhouette de son frère dans la pénombre sale de la remise.

— Qu'est-ce que tu fais ?

— N'approche pas.

— Pourquoi ?

— C'est dangereux.

Aziz s'est immobilisé. Il entendait son frère respirer bruyamment.

— Mais qu'est-ce que tu as ?

— Je ne peux pas bouger.

— Tu es malade ?

— Sors d'ici.

— Pourquoi ?

— Je porte la ceinture et si je bouge…

— Tu racontes n'importe quoi !

— Tout va sauter. Sors d'ici !

— Je vais aller chercher notre père, a dit Aziz, apeuré.

— Tu m'as cru ? Mais tu es idiot, s'est esclaffé Amed en courant vers son frère si rapidement qu'il l'a fait tomber sur le sol. Tu es vraiment idiot, la ceinture n'a pas de détonateur !

Aziz a attrapé les jambes de son frère et l'a à son tour jeté à terre. Les deux frères se sont battus violemment.

— Je vais te tuer !

— Moi aussi !

— Donne-moi la ceinture, c'est moi qui dois y aller.

— C'est moi que notre père a choisi, c'est à moi d'y aller.

— Je veux l'essayer, enlève-la !

— Jamais !

Aziz a frappé son frère au visage. Amed s'est relevé, étourdi. Il s'est emparé d'une longue faux rangée contre un mur.

— Si tu approches de moi, je te coupe en morceaux.

— Essaie !

— C'est sérieux, Aziz.

Les deux frères se sont observés sans bouger, écoutant leurs respirations haletantes. Ils n'étaient déjà plus des enfants. Quelque chose venait de changer, comme si l'obscurité avait donné à leurs jeunes corps l'épaisseur et la gravité que seul un corps d'adulte possède.

— J'ai peur de mourir, Aziz.

Amed a laissé tomber la faux. Son frère s'est approché de lui.

— Je sais. J'irai, moi.

— Tu ne peux pas.

— C'est moi qui irai, Amed.

— Nous ne pouvons pas désobéir à notre père.

— Je prendrai ta place. Notre père ne le saura pas.

— Il va s'en apercevoir.

— Non, fais-moi confiance. Enlève-la, a supplié Aziz.

Amed a hésité, puis dans un geste brusque a enlevé la ceinture. Aziz s'en est emparé et est allé au fond de la remise, là où le rayon de soleil venant de la lucarne touchait presque le sol. Il a observé dans la lumière dansante l'objet qui massacrerait les ennemis de son peuple et le ferait du même coup entrer au paradis. Il était fasciné. La ceinture était composée d'une dizaine de petits compartiments de forme cylindrique remplis d'explosifs. Amed est venu le rejoindre.

— Tu crois que les morts peuvent revenir ?

— Je ne sais pas.

— Je pense que j'ai vu grand-père tout à l'heure.

— Où ça ?

— Là, a dit Amed en pointant un endroit dans l'espace devant eux.

— Tu es sûr ?

— C'était son visage. Il a disparu très vite.

— Tu as vu un fantôme.

— Quand tu vas mourir, tu vas peut-être revenir, toi aussi.

— Sortons d'ici, a dit Aziz avec empressement.

Amed a remis la ceinture dans le sac de toile qu'il a caché sous la vieille bâche. Lorsque les deux frères sont sortis de la remise, la lumière du jour leur a fait mal aux yeux.

Amed est allé rejoindre sa mère qui préparait le repas du soir dans la cuisine. Elle coupait des légumes sur une planche de bois. Elle a versé du riz sur une feuille de vieux journal et a proposé à son fils de le trier. Amed aimait aider sa mère à faire la cuisine, même s'il en avait un peu honte. Ce n'était pas habituel pour un garçon. Au début, quand il lui avait offert de l'aider, Tamara avait eu un mouvement de surprise et avait refusé. Il était revenu à la charge et, finalement, elle avait accepté. Depuis, elle appréciait ces moments avec son fils et les recherchait. Quand Amed passait plusieurs jours sans venir faire son petit tour dans la cuisine, elle s'inquiétait et se demandait si

Zahed n'avait pas parlé à son fils. Elle savait que son mari trouvait inconvenant qu'un garçon se comporte de la sorte.

Amed se concentrait sur sa tâche. Il enlevait du tas de riz les petites pierres et les saletés. Ses gestes étaient rapides et précis. Tamara n'osait lui poser la question qui lui brûlait les lèvres. Elle attendait que son fils brise le silence qui s'accumulait entre eux de façon inhabituelle. Car ces moments qu'ils partageaient étaient habituellement l'occasion de conversations qu'ils n'auraient pu avoir autrement. Ce sentiment de connivence entre la mère et le fils déclenchait parfois des fous rires. Amed en profitait pour parler de sa tante Dalimah dont il s'ennuyait. Chacune des lettres qu'il recevait d'elle était une fête pour lui. Au début, sa mère les lui lisait. Mais depuis qu'il avait appris à déchiffrer les mots, il pouvait relire les lettres de sa tante pendant des heures. Elle lui racontait les détails de sa nouvelle vie. Elle décrivait le métro, un train qui traversait les quartiers sous les rues et les édifices de la ville ! Elle lui parlait de la neige qui, en quelques heures, recouvrait les toits des maisons et faisait descendre du ciel un silence de ouate. Elle l'étonnait et le rendait curieux avec les quelques photos qu'elle glissait dans l'enveloppe. Elle prenait soin de ne jamais envoyer de photos de son mari. Amed aimait surtout celles où on voyait la ville illuminée le soir ou encore celles qui montraient des ponts surélevés, le fleuve qu'ils survolaient de leur structure d'acier, le ruban clignotant des phares d'automobiles. Sa tante lui avait un jour écrit qu'elle pensait à l'orangeraie chaque fois qu'elle mangeait des oranges. Elle aurait tant aimé la revoir et se promener avec son petit Amed entre les rangées d'arbres, respirer avec lui le parfum embaumant de leurs fleurs blanches en été !

— C'est fait, a dit soudainement Amed à sa mère.

Tamara a cru qu'il avait terminé de trier le riz. Elle a regardé son fils et elle a compris, soulagée, qu'il parlait de l'échange.

— Tu lui as demandé ?

— Oui, aujourd'hui dans la…

— Tu ne lui as pas révélé qu'il était malade ?

— Non !

— Il ne fallait surtout pas.

— Non ! J'ai fait comme tu as dit.

— Tu lui as dit que tu avais peur, c'est ça ?

— Oui, je lui ai dit que j'avais peur de mourir.

— Mon pauvre Amed ! Pardonne-moi ! Pardonne-moi ! Je sais que tu es courageux comme ton frère. C'est si horrible ce que je t'ai demandé, si horrible…

— Ne pleure pas, maman.

— À quoi ça sert de mettre au monde des enfants si c'est pour les sacrifier comme de pauvres bêtes qu'on envoie à l'abattoir !

— Ne pleure plus.

— Non, je ne pleure plus. Tu vois, je ne pleure plus. On l'a fait pour Aziz, hein, il ne faut pas que tu l'oublies. Finis de trier le riz maintenant.

Tamara a essuyé ses larmes et a mis au feu une grande casserole pour faire bouillir de l'eau.

— Tu dois faire attention à une chose, Amed.

— Quoi, maman ?

— Ton frère, depuis sa maladie, a maigri.

— Pas vraiment.

— Mais si ! Tu n'as pas remarqué ? Ses joues ne sont pas aussi rondes que les tiennes.

Et il a moins d'appétit que toi. Surveille l'assiette de ton frère et arrange-toi pour manger moins que lui. Je me sens si misérable de t'avoir demandé cela, si misérable, mais jure-moi que tu le feras, Amed !

— Oui, je le ferai.

— Ton père ne doit pas s'apercevoir de l'échange. Ce serait effroyable s'il le découvrait. Je n'ose même pas y penser.

— Ne t'inquiète pas. Dans quelques jours, je serai aussi maigre qu'Aziz, et personne ne pourra faire la différence entre nous.

— Moi, je le pourrai.

— Oui, toi, mais seulement toi.

— Je comprendrais si tu me détestais.

— Tiens, j'ai fini de trier le riz.

— Merci, Amed.

— Jamais je ne te détesterai.

— Je vais me blesser avec un couteau.

— Pourquoi ?

— Nous ferons l'échange au dernier moment.

— Qu'est-ce que tu racontes, Aziz ?

— Quand tu seras sur le point de partir avec Soulayed, je vais m'arranger pour me blesser avec un couteau. Mais pas pour de vrai. Toi, par contre, tu devras le faire pour de vrai.

— Je ne comprends rien à ce que tu dis.

— Tu n'auras qu'à te faire une petite coupure. Tu la feras à la main gauche. Tu ne devras pas te tromper, Amed, tu te blesseras à la main gauche.

— D'accord. Mais je ne comprends toujours pas pourquoi.

— Je vais prendre du sang de mouton.

— Du sang de mouton ! a répété Amed de plus en plus perplexe.

— Pour faire croire que je me suis blessé. J'en mettrai sur ma main que je vais envelopper d'un linge. Après l'échange, je me laverai. Personne ne verra de blessure sur ma main. Mais toi, tout le monde verra la tienne.

— Parce que je me serai vraiment coupé, a dit Amed qui commençait à comprendre où son frère voulait en venir.

— C'est ça. Alors, il n'y aura plus de doute possible. Tu seras Aziz à la main blessée, et moi je serai Amed prêt à partir avec Soulayed.

— Aziz à la main blessée, a répété Amed en soupirant.

Les deux frères étaient couchés sur le toit de la maison. Les premières étoiles venaient d'apparaître. Elles perçaient le ciel une à une, avant de le cribler par dizaines de leurs feux scintillants. Amed et Aziz avaient pris l'habitude de monter là-haut profiter de la brise. Ils s'étendaient sur le dos près du gros réservoir d'eau et plongeaient leurs regards dans la nuit infinie.

— Ne sois pas triste, Amed. Bientôt, je serai là-haut. Promets-moi que tu viendras chaque soir ici pour me raconter ta journée.

— Comment je ferai pour te trouver, il y a tellement d'étoiles ?

— Viens, allons nous coucher. J'ai un peu froid.

Amed a touché le front de son frère. Il était brûlant.

— Tu es malade ?

— Juste fatigué. Viens. Peut-être que Soulayed va revenir demain. Allons dormir.

Les jours suivants, Aziz se comportait avec son frère comme un petit général en lui donnant sans cesse des ordres. Amed se laissait guider, impressionné par celui qui allait bientôt donner sa vie.

Aziz lui répétait qu'il ne devait pas s'inquiéter, que tout allait bien se passer. C'était très simple, ils devaient apprendre à tout faire de la même façon. Même s'ils étaient des vrais jumeaux, leurs parents ne se trompaient que rarement. Seule leur grand-mère Shahina les confondait continuellement de son vivant. Au point qu'ils l'avaient soupçonnée de le faire exprès pour se moquer d'eux. Il fallait donc que leur ressemblance ne soit pas simplement physique, mais qu'elle s'exprime aussi dans leur comportement.

— Tu vois, toi, tu bouges comme un oiseau apeuré.

— Pas du tout, a riposté Amed.

— Mais si ! Tu es nerveux. Tu n'arrêtes pas de faire des petits sauts au lieu de faire des pas.

— Et toi ! Tu marches comme un poisson endormi.

— Idiot ! Un poisson ne marche pas.

— Non, mais s'il marchait, il marcherait comme toi !

— Écoute, je vais cesser de traîner les pieds, et toi, tu vas bien les poser au sol à chaque pas. Comme ça, on va finir par marcher de la même façon. Essaie !

Et Aziz continuait de donner des leçons à son frère afin que toute différence entre eux s'estompe. Il indiquait à Amed les gestes qu'il fallait éviter de faire et les quelques intonations qui pourraient mettre en péril leur échange. C'était devenu un jeu comme un autre, mais il n'y aurait pas de gagnant. Curieusement, Aziz n'avait fait aucune remarque sur leur différence la plus évidente, celle qui le ferait reconnaître à coup sûr si on prenait le temps d'observer les deux frères côte à côte : sa maigreur. Comme s'il n'avait pas conscience de sa perte de poids depuis sa maladie. Amed, comme sa mère le lui avait suggéré, s'arrangeait pour ne pas terminer ses repas et allait jusqu'à mettre dans l'assiette de son frère, à son insu, une partie de sa nourriture. Tamara aidait parfois Amed en le servant moins et en donnant une double part à Aziz. Mais elle avait dû cesser de le faire le jour où Aziz lui avait fait remarquer qu'elle servait injustement son frère. Elle avait eu peur qu'il découvre alors sa connivence avec Amed. Tamara se maudissait plusieurs fois par jour. Elle se sentait aussi honteuse et coupable que si elle avait comploté avec l'un de ses fils pour empoisonner l'autre à petites doses, alors qu'elle les aimait tous deux d'un cœur absolu. Mais elle était déterminée à ce que cette guerre sans fin ne lui prenne pas ses deux fils. Comme Amed ne maigrissait pas assez vite, Tamara lui avait suggéré de se faire vomir après son repas du soir. Elle savait par son mari que Soulayed allait revenir avant la période des récoltes qui approchait. Amed, un doigt au fond de sa gorge, se faisait vomir en pleurant.

ILS ONT VU leurs parents partir pour le village. Leur père avait emprunté le camion du voisin. Il allait acheter des pesticides. Tamara avait tenu à l'accompagner. Elle aimait aller au village, quitter sa routine, rencontrer d'autres femmes au hasard des courses. Elle ramenait aux garçons des gâteries et, à l'occasion, parce que c'était cher et difficile à trouver, des magazines illustrés de bandes dessinées.

Une fois le camion disparu complètement de la route, Aziz a attrapé son frère par le bras et l'a entraîné vers la remise.

— Viens, ne perdons pas de temps ! Tu as la clé ?

— Je l'ai toujours avec moi.

Aziz était impatient de revoir la ceinture d'explosifs. Amed a ouvert le cadenas en jetant un coup d'œil à la route pour s'assurer que son père ne faisait pas demi-tour. La porte ouverte, Aziz s'est précipité au fond de la remise et a retiré de sous la bâche le sac de toile.

— Allons dans l'orangeraie !

— C'est trop dangereux.

— Mais non, ils ne vont pas revenir avant au moins une heure. Allez, Amed, viens !

Amed a suivi son frère, peu rassuré. Ils se sont assis sous le feuillage d'un grand oranger. Son parfum adoucissait l'air. Des abeilles bourdonnaient dans les hautes branches. Aziz, le souffle haletant, a retiré du sac la ceinture.

— Elle est lourde.

— Père m'a dit qu'il fallait s'habituer à son poids.

— Donne-moi la clé, je veux la garder avec moi. Dès que je pourrai, j'irai dans la remise pour essayer la ceinture. Je dois être prêt quand je partirai.

Amed a donné à contrecœur la clé à son frère. Aziz s'est levé pour essayer la ceinture et a fait quelques pas maladroits.

— Tu dois la cacher sous ta chemise.
— Je sais, je ne suis pas fou.
— Alors, fais-le !
— C'est à moi de décider quand je dois le faire.
— D'accord, ne te fâche pas.
— Je ne me fâche pas.
— Alors pourquoi tu cries, Aziz ?

Aziz s'est éloigné en serpentant entre les arbres. Il faisait des pauses, caché derrière un tronc, guettait des ennemis, courait vers un autre tronc. Il a terminé son jeu en grimpant de peine et de misère sur un énorme rocher. Autrefois, son grand-père Mounir, après plusieurs tentatives infructueuses pour le déloger, s'était résolu à accepter sa présence au milieu de ses arbres fruitiers. « Après tout, pensait-il, ce rocher était peut-être venu du ciel. » Zahed s'était promis de le casser à coups de massue, mais avait lui aussi abdiqué.

Dans un hurlement qui a fait sursauter Amed, Aziz s'est fait exploser avec l'espoir que l'orangeraie serait débarrassée une fois pour toutes du rocher solitaire et entêté. Les bras en l'air, il a imaginé une pluie de petits cailloux s'abattre sur sa tête, oubliant pour un instant, s'il allait au bout de sa logique, que son corps ferait aussi partie des débris tombant du ciel secoué.

— J'ai réussi !

— Quoi ?

— Tu ne vois pas ? Je l'ai fait exploser.

— Exploser quoi ?

— Le rocher.

— Je ne vois rien du tout.

— Imagine-le, idiot !

— Je n'ai pas envie d'imaginer aujourd'hui.

— Qu'est-ce que tu as, Amed ?

— Tu penses à notre tante Dalimah parfois ?

— Pourquoi tu me parles d'elle, tout à coup ?

— Tu ne réponds jamais à ses lettres.

— Je ne veux pas parler d'elle. Et tu sais pour quelle raison.

— C'est à cause de son mari ?

— Il fait partie des gens qui nous lancent des bombes de l'autre côté de la montagne.

— Il est peut-être différent, lui.

— Non. Père dit qu'ils sont tous des chiens. Tu l'as entendu. Et tu as entendu Soulayed.

— Il faudrait retourner dans la remise maintenant, tu ne penses pas ?

Au moment où les deux frères refermaient derrière eux la lourde porte de la remise, ils ont entendu un bruit de moteur.

— Père est revenu, a murmuré Amed.

— Non, ce n'est pas le bruit que fait le camion du voisin.

Un instant plus tard, un claquement de portière a résonné. Puis ils ont entendu quelqu'un s'approcher.

— Viens, Aziz, allons nous cacher au fond.

Ils ont eu juste le temps de se glisser sous la bâche, près des outils, avant que la porte ne s'entrouvre dans un lent grincement. Un homme est entré, a fait quelques pas, puis s'est immobilisé. Les deux garçons retenaient leur respiration.

— Je sais que vous êtes là. Je vous ai aperçus de la route. Pourquoi vous cachez-vous ? Ah, je sens que je brûle !

L'homme s'est penché sur la bâche qui faisait une drôle de bosse.

— Il y a vraiment de très gros rats ici. Heureusement, il y a une magnifique pelle qui s'ennuie juste devant moi. Je n'ai qu'à la prendre et à assommer ces deux vilains rats qui se croient invisibles, a plaisanté Soulayed. Allez, sortez de là, je dois vous parler. Allez chercher votre père.

— Il n'est pas ici, a dit Aziz en dégageant sa tête de la bâche.

— Il est parti au village avec notre mère, a ajouté aussitôt Amed.

Les garçons sont sortis de leur cachette. Soulayed distinguait dans la pénombre l'éclat de leurs yeux inquiets.

— Alors c'est toi que ton père a choisi !

Aziz cachait nerveusement avec ses bras la ceinture d'explosifs qu'il n'avait pas eu le temps d'enlever dans sa précipitation.

— La ceinture que tu portes n'est pas un jouet.

— Je sais.

— Es-tu Amed ou Aziz ?

— Je suis… je suis Amed, a menti Aziz.

— Amed. Eh bien, Amed, sois béni.

Soulayed a sorti de la poche de sa veste une liasse d'argent soigneusement attachée par une ficelle.

— Tiens, tu donneras ça à ton père. C'est un cadeau, une sorte de compensation pour ce qui est arrivé à vos grands-parents.

Votre père en aura besoin. Et votre mère sera contente. Tu sais, Amed, c'est un événement triste et heureux ce qui va se produire. Tu l'as compris, hein ? Mais, toi, ne sois que heureux. Tu vas mourir en martyr. Tu es trois fois béni.

Aziz a pris l'argent sans dire un mot. Jamais il n'en avait vu autant.

— Prépare-toi, Amed. Je reviens dans deux jours.

Soulayed les a quittés dans un silence lourd. Il a ouvert la porte de la remise d'un coup sec et a disparu dans une bouffée de lumière où s'affolait la poussière. Amed et Aziz ont attendu que le bruit de sa jeep s'éloigne tout à fait pour sortir de leur léthargie. Aziz a enlevé la ceinture et l'a remisée dans sa cachette.

— Tiens, Amed, prends l'argent. C'est toi qui dois le remettre à notre père.

— Tu as raison. Sortons d'ici maintenant.

Aziz a cadenassé la porte de la remise et a donné la clé à son frère.

— Tu ne voulais pas la garder ?

— Tu n'as pas entendu Soulayed ? Je vais partir dans deux jours. Je n'aurai plus l'occasion de revenir dans la remise.

Aziz a alors regardé son frère avec une telle intensité que celui-ci s'est détourné et s'est mis à courir sans raison, disparaissant dans les champs d'orangers.

Il régnait dans la maison une tristesse mouillée. L'air s'était alourdi malgré la brise qui venait des fenêtres ouvertes. La maison faisait du silence comme les orangers faisaient de la lumière. On aurait dit que les murs, le plancher, les meubles savaient que le retour de Soulayed était pour le lendemain.

Toute la journée, Aziz a chuchoté à son frère qu'il était heureux, que tout irait bien.

— Tu ne dois pas t'en faire, nous ferons l'échange et personne ne va s'en apercevoir.

Amed avait envie de serrer son frère dans ses bras et de le faire disparaître dans son étreinte afin que personne ne puisse le lui prendre. Il allait mourir comme Halim. Il ne le reverrait jamais sur terre. Aziz lui avait promis qu'il l'attendrait à la porte du paradis. Il l'attendrait même si Amed devenait aussi vieux que leur oncle Bhoudir, mort à quatre-vingt-dix-sept ans. Et ils seraient de nouveau ensemble.

Le soir venu, Zahed les a tous réunis dans la grande pièce de la maison. Il avait invité quelques voisins et les deux employés qui l'aidaient dans l'orangeraie. Avec une fierté émue, il leur avait expliqué que son jeune fils Amed serait bientôt un martyr. Tous avaient accueilli cette invitation comme un honneur qu'on leur faisait.

Tamara avait préparé un repas digne d'une grande fête. Elle avait accroché au plafond une guirlande d'ampoules colorées qui éclaboussaient la pièce d'une lueur bigarrée. Elle regrettait à présent de l'avoir fait. Elle ressentait cette lumière joyeuse comme un sacrilège, un piètre mensonge. Elle a servi Amed, assis près de son père, en premier. Celui-ci avait honte. Il n'osait pas regarder son frère, à qui cet honneur aurait dû revenir. Avant de commencer à manger, Zahed a remercié Dieu de lui avoir donné un fils aussi courageux. Il n'arrivait plus à dissimuler ses larmes. Amed s'est levé comme s'il avait voulu prendre la parole et tout avouer. Tamara l'a deviné. Elle est venue vers lui et l'a serré contre elle. Elle lui a murmuré dans l'oreille de ne rien dire : « Fais-le pour ton frère, je t'en supplie. » Amed a observé son frère. C'était déjà une autre personne.

Le repas terminé, les plats rangés, les invités sont venus un à un saluer Amed en le touchant, en l'embrassant, en pleurant. Puis ils sont partis en silence, la tête baissée comme s'il n'y avait plus rien d'autre à dire ou à faire. Tamara a éteint la guirlande de petites lumières, et la lueur jaunâtre des bougies a repris ses droits dans la grande pièce qui, tout à coup, semblait privée d'air.

Les deux frères sont montés dans leur chambre plus tôt que d'habitude. Aziz est demeuré longtemps devant la fenêtre à contempler les étoiles dans le ciel.

Il allait être midi quand le bruit de la jeep a déchiré en deux le jour. Zahed n'était pas allé travailler aux champs et avait donné congé à ses deux employés. Avec Tamara et ses garçons, il fixait l'horizon, ne pouvant rien faire d'autre. Tous les quatre attendaient en silence, assis sur le seuil de la maison. Dès que la jeep a freiné dans un nuage de poussière, ils se sont tous levés en même temps sans toutefois faire un seul pas vers Soulayed qui sortait de la jeep. Celui-ci s'est avancé lentement vers eux. Il n'était pas seul. Un homme traînait les pieds derrière lui, ni jeune ni vieux. Il portait un sac de cuir usé en bandoulière. Soulayed n'a pas dit son nom. Il a simplement annoncé que c'était « l'expert ». Il avait les yeux vitreux et dégageait une odeur de sueur âcre. Zahed a demandé à Tamara et à Aziz d'aller attendre dans la maison. Ils ont obéi à contrecœur. L'expert s'est approché d'Amed en souriant.

— Ça va ?

— Ça va.

— Tu n'es pas très gros. Quel âge as-tu ?

— Neuf ans.

Les deux hommes, Amed et son père se sont dirigés vers la remise à outils. Amed a remis la clé à Zahed qui a ouvert le cadenas. Puis celui-ci a coincé la porte avec une planche de bois pour la maintenir grande ouverte. Le jour a vomi un tunnel de lumière qui a dessiné un rectangle d'or au fond de la remise. Soulayed a demandé à Zahed de remettre la ceinture à l'expert, qui l'a examinée rapidement. Satisfait, il a montré à Amed une petite boîte plastifiée qu'il avait sortie de son sac. L'expert lui a demandé s'il savait ce que c'était.

— Non, je ne sais pas, a répondu timidement Amed.

— C'est un détonateur. Tu comprends ? s'est assuré l'expert en regardant Amed dans les yeux.

— Je crois que oui.

— Quand ça sera le moment, tu n'auras qu'à appuyer ici.

— D'accord.

— Tu as bien compris ?

— Oui.

— Que Dieu te bénisse !

L'expert a attaché la petite boîte à la ceinture avec un fil jaune.

— Il y a un deuxième fil. Regarde bien, il est rouge. Tu le vois ?

— Oui, je le vois.

— Celui-là, on le fixera plus tard.

— Ne t'en fais pas, Amed, c'est moi qui m'en occuperai, a ajouté Soulayed, qui se tenait derrière lui. Je vais le faire juste avant que tu montes dans la montagne.

Soulayed a dit quelques mots à Zahed qu'Amed n'a pas compris. Soulayed ensuite est sorti de la remise et est revenu une minute plus tard avec un appareil photo dans les mains. Il avait dû l'oublier dans la jeep.

— Enlève ta chemise, a ordonné l'expert à Amed, qui a obéi, surpris par le ton ferme de sa voix.

Puis l'expert lui a tendu la ceinture.

— Tiens, mets-la.

— Pourquoi ? a demandé avec nervosité Amed.

— Pour la photo, a expliqué Soulayed. Va te placer près du mur. Tiens-toi bien droit. Tourne-toi vers la lumière. C'est ça. Ne baisse pas la tête.

Amed, aveuglé et étourdi, s'est mis à trembler.

— Qu'est-ce que tu as ? a hurlé Soulayed. Regarde-nous ! Pense aux ennemis ! Pense à ce qu'ils ont fait à tes grands-parents !

Amed ne pouvait penser à rien. Il avait envie de vomir.

— Mais lève la tête et ouvre les yeux ! Regarde ton père. Ne le déshonore pas !

Soulayed a pris une photo, puis une deuxième.

— Pense au paradis.

Amed s'est efforcé de sourire en retenant ses larmes.

— Sois heureux, sois béni, tu as été choisi par Dieu.

Soulayed a pris une dernière photo.

— Remets ta chemise. Tes parents vont être fiers de toi quand ils te verront sur la photo avec la ceinture.

Zahed a pris la main de son fils.

— Viens, le moment est venu de dire adieu à ta mère et à ton frère.

Ils sont sortis de la remise. Tamara les attendait sur le seuil de la maison avec Aziz. Celui-ci avait autour de la main un mouchoir taché de sang. Il s'est empressé d'expliquer à son père qu'il venait de se blesser en coupant des oranges.

— Fais tes adieux à ton frère, lui a dit Zahed.

— Pas tout de suite.

Aziz est retourné dans la maison en courant et est revenu avec un petit plateau sur lequel trônait un grand verre.

— Regarde ce que ton frère a préparé pour toi, a dit Tamara d'une voix mal assurée.

— Tiens, bois, comme ça tu partiras avec le goût de ce que notre terre produit de meilleur, a ajouté Aziz.

Aziz s'est approché de son frère et s'est arrangé pour laisser tomber le verre sur lui. Ce petit accident était planifié par les jumeaux depuis plusieurs jours. Mais comme Amed disait tout à sa mère à l'insu de son frère, Tamara savait ce qui allait se passer. Comme prévu, elle a giflé Aziz à cause de sa maladresse. L'expert s'est mis à rire. Soulayed l'a fait taire. Il a relevé la chemise salie d'Amed avec précaution pour vérifier si la ceinture avait été en contact avec le jus d'orange. L'expert lui a expliqué qu'il n'y avait aucun problème :

— De l'eau, du jus ou du sang, ça n'a aucune importance, il reste encore un contact à établir avec le détonateur.

— Je sais, a dit Soulayed contrarié, pas besoin de me le rappeler.

— Va te changer, a dit Tamara à Amed.

— Je vais avec lui, a aussitôt ajouté Aziz.

Les deux frères sont montés en vitesse dans leur chambre. Ils ont enlevé leurs vêtements. Aziz a aidé son frère à se débarrasser de la ceinture.

— C'est quoi cette histoire de contact ?

— C'est pour le détonateur. Regarde, Aziz, c'est cette petite boîte. L'expert l'a reliée à la ceinture juste ici, tu vois, avec le fil jaune.

— Et le fil rouge ?

— Soulayed a dit dans la remise que c'est lui qui va s'en occuper.

— Mais quand ?

— Quand tu seras à la montagne.

— Il y a autre chose que je devrais savoir ?

— Non.

— Aziz…

— Quoi ?

— Ne remets pas la chemise tachée !

Une fois l'échange de leurs vêtements terminé, Aziz a remis à son frère un petit couteau qui avait appartenu à leur grand-père Mounir. Il l'avait récupéré dans les débris de sa maison.

— Coupe-toi à la main gauche, ne te trompe pas.

Amed s'est fait une entaille à la base du pouce.

— Tiens, Amed, c'est pour toi.

— Qu'est-ce que c'est ?

— Tu le vois bien, c'est une lettre. Tu la liras après ma mort, d'accord ?

— Je te le promets.

— Non, jure-le-moi.

Amed a fait tomber sur l'enveloppe un peu de sang de sa blessure.

— Je te le jure.

Il a agrandi avec son doigt la tache rouge sur l'enveloppe. Comme si c'était le sceau qui scellait la lettre de son frère, rendant du même coup irréversible leur échange. Aziz a remis à Amed le mouchoir taché de sang de mouton. Celui-ci l'a enroulé autour de sa main blessée. Le cœur battant, les deux frères sont redescendus. Désormais, Aziz était Amed et Amed était Aziz.

Aziz

— Aziz, qu'est-ce qui ne va pas ?

Mikaël a dû poser la question une troisième fois pour que son étudiant lève la tête vers lui et esquisse un sourire embarrassé.

— Rien, monsieur.

— Je n'en suis pas si certain.

Mikaël avait choisi Aziz pour jouer le rôle de Sony, un enfant d'environ sept ans. Son choix n'avait pas été difficile à faire. Aziz gardait de l'enfance des yeux étonnés, sur le qui-vive. Sa voix possédait une douceur inhabituelle pour un jeune homme de vingt ans. Bien souvent, Mikaël devait insister pour qu'il projette sa voix au lieu de la garder pour lui. Sa présence fragile, fugace comme un animal aux aguets, s'accordait bien au rôle qu'il lui destinait.

Mikaël avait écrit spécialement le texte pour le spectacle de sortie de ses étudiants, qui couronnerait leurs quatre années de formation en jeu. Dans quelques mois, ils seraient tous de jeunes acteurs professionnels à la recherche d'auditions pour amorcer leur carrière. Au fil du temps, Mikaël reconnaîtrait certains d'entre eux dans des pubs pour la bière ou pour le shampoing. Quelques-uns décrocheraient des petits rôles dans des séries télé. La plupart auraient encore des emplois comme serveurs dans des restaurants. Et les plus chanceux et talentueux se feraient un jour remarquer par les metteurs en scène les plus en vue qui n'hésiteraient pas à leur offrir un grand rôle, jeune premier ou belle ingénue.

Dans la pièce de Mikaël, Sony se retrouvait aux mains d'un soldat ennemi. L'enfant avait été le témoin impuissant de l'assassinat sauvage de ses parents. Le soldat avait tranché les mains de son père et l'avait abattu d'une balle. Puis il avait violé sa mère et l'avait jetée, morte, sur le cadavre mutilé de son mari. Le soldat, écœuré par ses crimes, hésitait à se débarrasser de Sony qui, au fil des scènes, lui faisait penser à son propre fils. La pièce se terminait quand le soldat demandait à l'enfant de lui fournir une bonne raison pour qu'il ne lui fasse pas subir le même sort qu'à ses parents. Sony demeurait muet. D'autres scènes, où les deux camps ennemis étaient présentés de façon interchangeable, permettaient à la pièce de dénoncer l'absurdité de la guerre.

Mikaël avait divisé la classe en trois groupes distincts : le père, la mère et l'enfant ; le soldat ennemi ; le chœur de soldats ennemis. Le travail avançait plutôt bien. Les étudiants étaient précis, concentrés. Il n'était pas question de jouer toute la gamme des émotions, c'était encore trop tôt dans le processus de création du spectacle. Il fallait apprendre à placer son corps dans l'espace, diriger son regard, contrôler ses gestes et projeter les répliques avec rythme et sans précipitation. Mikaël appréhendait une certaine difficulté pour la scène du viol, mais elle s'était déroulée sans nervosité excessive. Cependant, une émotion presque religieuse a saisi toute la classe quand le soldat ennemi s'est avancé vers l'enfant, après l'assassinat de ses parents. Il fallait être aveugle pour ne pas comprendre que cette émotion venait d'Aziz et non de Sony.

— Aziz, qu'est-ce qui ne va pas ?

— Rien, monsieur.

— Je n'en suis pas si certain.

— Je ne peux pas jouer ce rôle.

— Pourquoi ?

Sans dire un mot de plus, Aziz a quitté la classe.

Le lendemain, Aziz ne s'est pas présenté à sa classe de jeu. Mikaël était très embêté. Deux jours plus tard, il l'a appelé pour lui proposer un rendez-vous dans un café près de l'école. Il était arrivé en avance et guettait avec impatience l'arrivée de son étudiant. Au téléphone, Aziz lui était apparu hésitant. Visiblement, quelque chose l'avait troublé. L'heure du rendez-vous était passée depuis une bonne demi-heure quand il a aperçu la silhouette du jeune homme à travers la grande fenêtre du café. Aziz, le visage caché en partie par un long foulard rouge et un chapeau trop grand pour lui, faisait les cent pas devant le café. Mikaël est sorti et lui a fait signe.

— Pourquoi tu n'entres pas ?

— Je ne sais pas.

— Tu veux marcher un peu ?

— D'accord.

Ils ont marché en silence un long moment. Mikaël n'était pas à l'aise et devinait qu'Aziz l'était encore moins. Il neigeait légèrement, l'une des premières neiges de l'hiver. Mikaël observait les flocons légers tourbillonner autour de lui. Le quartier Latin était plutôt tranquille, la plupart des gens occupés encore à gagner leur vie dans des bureaux, des boutiques, des restaurants. Mikaël aimait ces moments creux où la ville prenait une pause avant d'être envahie par des régiments de gens pressés de rentrer chez eux.

— Pourquoi l'enfant doit mourir ?

Mikaël a été si surpris par la question d'Aziz que, pendant quelques secondes, il n'a pas compris ce qu'il voulait dire.

— L'enfant ?

— Oui, l'enfant dans votre pièce.

— Parce que... parce que c'est la guerre, Aziz.

— Vous voulez montrer la cruauté de la guerre ?

— Oui, je pense que ça fait partie de l'objectif de ma pièce.

— Excusez-moi, monsieur, je ne voudrais pas être impoli, mais je ne suis pas d'accord.

— D'accord avec quoi ?

— Ce n'est pas suffisant.

— Quoi, Aziz, dis-le-moi.

— De montrer ça, toutes ces choses cruelles.

— Tu ne veux pas que l'enfant meure dans ma pièce, c'est ça ? Mais qu'est-ce qu'il pourrait faire contre ce mercenaire ?

— Ce n'est pas juste.

— Je le sais. Mais la guerre, c'est ça.

— Vous ne savez pas de quoi vous parlez !

Le ton tranchant d'Aziz, lui si réservé d'habitude, les a de nouveau enfermés dans le silence. L'étudiant s'est mis à marcher plus vite, et Mikaël peinait à suivre sa cadence. Ils se sont arrêtés au coin d'une rue pour attendre que le feu passe au vert. Mikaël a repris son souffle et, malgré la neige, lui a proposé d'aller s'asseoir dans le petit parc situé de l'autre côté de la rue. Aziz n'a rien dit, Mikaël a supposé qu'il était d'accord. Il a dégagé un banc de sa neige fraîchement accumulée et les deux se sont assis côte à côte, les bras croisés sur le ventre. Leurs souffles se transformaient en petits nuages de vapeur blanche qui s'effilochaient rapidement dans l'air.

Mikaël n'osait reprendre la discussion. Il s'était senti attaqué. Pourquoi n'aurait-il pas le droit, en tant qu'artiste, de parler de la guerre ?

En se tournant pour lui demander s'il n'avait pas froid, Mikaël a vu une larme couler lentement sur la joue d'Aziz, puis s'immobiliser, gelée.

— Donnez mon rôle à un autre.

— Mais pourquoi, Aziz ? Explique-moi pourquoi.

— Ce n'est pas juste, je vous l'ai déjà dit.

— C'est évident que ce n'est pas juste. Le public va le ressentir comme toi et c'est ce que je recherche. Je vois bien que tu es bouleversé. Dis-moi, Aziz, ce qui s'est passé à la dernière répétition ?

— Je ne m'appelle pas vraiment Aziz.

— Qu'est-ce que tu veux dire ?

— Amed. C'est comme ça que je m'appelais avant.

— Avant quoi ?

LA LUMIÈRE du jour déclinait, et quelques néons s'allumaient timidement. Depuis qu'ils avaient quitté le petit parc, Aziz avait fait à Mikaël le récit de son enfance d'un seul souffle, ses mots rythmés par la cadence de ses longues enjambées. Ils marchaient depuis un bon moment dans la ville sans trop savoir où leurs pas les menaient. La neige tombait toujours et enrobait le récit d'Aziz d'une couche de protection, l'éloignant dans l'espace et le temps, lui donnant la texture d'un rêve fragile sur le point de s'évanouir.

— Que s'est-il passé après votre échange ?

— J'avais juré à mon frère d'attendre qu'il soit mort pour lire sa lettre. C'est ce que j'ai fait, j'ai attendu. Et c'est ce que nous avons fait, mes parents et moi, nous avons attendu la mort de mon frère, bâillonnés par l'angoisse, comme si c'était la pluie ou le matin que nous attendions. Deux jours plus tard, nous avons dû saluer le retour de Soulayed comme un événement heureux. Il est sorti de la jeep avec un grand paquet enveloppé dans des journaux. Nous savions tous ce que c'était. Nous nous sommes assis dans la grande pièce de la maison. Ma mère a préparé du thé, mais personne ne l'a touché à l'exception de Soulayed. Nous avons attendu qu'il prenne la parole, attendu le cœur serré qu'il nous dise ce qui s'était passé de l'autre côté de la montagne. « Votre maison a donné à notre peuple un martyr, a commencé d'une voix cérémonieuse Soulayed. Que Dieu la bénisse ! Amed est à présent au paradis. Il n'a jamais été aussi heureux. Son bonheur est éternel. Réjouissez-vous ! Oui, je connais votre peine d'avoir perdu un fils, mais réjouissez-vous, relevez la tête et soyez fiers. Et toi, a dit Soulayed en se tournant vers moi, toi, ne pleure plus, ton frère est avec toi, ne le sens-tu pas ? Il n'a jamais été aussi près de toi, oh non, jamais aussi près. Devant la montagne, avant de me quitter, il m'a encore dit tout l'amour qu'il avait pour toi et tes parents. Soyez heureux et bénis. » Soulayed s'est tu un moment, a terminé de boire son thé. Nous n'osions l'interroger. Ma mère lui a proposé d'autre thé. Il a fait comme s'il ne l'avait pas entendue et a repris la parole en chuchotant. « Vous n'entendrez pas parler de la mission d'Amed par ces gens-là, ça, je peux vous le garantir. Ils ont trop honte de leur défaite. Amed a réussi un exploit exemplaire. Oui, je vous le dis, il a atteint l'objectif qui lui était confié avec une rare efficacité. Dieu l'a guidé, Dieu a guidé ses pas dans la montagne, Dieu l'a éclairé dans la nuit pour qu'il se faufile jusqu'à ces baraquements bourrés de munitions. Il a tout fait exploser. » Le visage de Soulayed s'est alors fendu d'un large sourire. Ses dents étincelaient d'une blancheur immaculée dans la tache sombre de sa barbe. Son corps s'est soudain rempli d'une énergie nouvelle. Il paraissait plus grand, plus fort quand il s'est levé pour débarrasser de son emballage le paquet qu'il avait emporté. Il a présenté à mon père son cadeau : la photo encadrée de son fils mort, son martyr de fils, qu'il avait prise dans la remise. Il la tenait, triomphant, comme un trophée. Ma mère m'a jeté un regard suppliant. Quand je me suis reconnu sur la photo, j'ai quitté la pièce en courant. Quelques instants plus tard, j'ai entendu démarrer la jeep de Soulayed. Penché à la fenêtre de ma chambre, je l'ai regardée s'éloigner en espérant ne plus jamais entendre le bruit qu'elle faisait planer au-dessus de l'orangeraie.

Aziz a ouvert son manteau et a plongé la main à l'intérieur pour en extirper une enveloppe pliée.

— C'est la lettre de mon frère.

L'enveloppe était jaunie et fripée. En la dépliant, Mikaël a aperçu la tache brune qu'avait faite le sang d'Amed avant qu'il ne devienne cet Aziz qui se tenait à ses côtés. Il a ressenti une émotion qui l'a profondément troublé. Il avait le sentiment de participer à l'histoire de ces deux frères, de la toucher en tenant cette enveloppe dans ses mains. Comme si un fragment de leur passé avait survécu et se matérialisait sur une autre planète. Il l'a ouverte. Il a trouvé une courte lettre écrite sans doute en arabe.

— Tu peux me la traduire ?

Aziz lui a lu la lettre en la traduisant au fur et à mesure. Après un moment, Mikaël a remarqué qu'il ne la lisait plus. Il la savait par cœur et Mikaël devinait qu'Aziz avait dû réciter cette lettre des milliers de fois comme une prière.

Amed,

Quand j'étais à l'hôpital de la grande ville, j'ai fait la connaissance d'une petite fille de notre âge. Elle était couchée dans le lit voisin du mien. Je l'aimais bien. Elle s'appelait Naliffa. Pendant que je dormais, elle a entendu une conversation. Le médecin disait à notre père que je ne pourrais jamais guérir. Il y a quelque chose qui pourrit en moi. Personne sur cette terre ne peut arrêter cette chose de pourrir dans mon corps. Naliffa m'a tout raconté avant de quitter l'hôpital. Je l'ai trouvée courageuse. Elle-même savait ce qui allait lui arriver. Parce qu'elle était aussi très malade. Elle m'a dit que je devais le savoir. Je tenais à ce que tu le saches toi aussi. Mais pas avant mon départ pour la montagne. Parce que, si tu l'avais su, tu ne m'aurais pas laissé partir. Je te connais bien, tu n'aurais pas accepté de faire l'échange. Mais grâce à toi, je vais connaître une mort glorieuse. Je ne souffrirai pas et, quand tu liras cette lettre, je serai au paradis. Tu vois, je ne suis pas aussi courageux que tu le crois.

Aziz

Mikaël était secoué. L'enfant qui avait écrit cette lettre d'adieu avait neuf ans. Celui à qui elle était adressée avait le même âge. Mikaël mesurait à quel point la guerre efface les frontières entre le monde des adultes et celui des enfants. Il a remis la lettre à Aziz sans pouvoir prononcer un mot.

Les deux hommes ont repris leur déambulation dans la ville. Le petit quartier chinois qu'ils traversaient à présent était transfiguré par la neige. Les boutiques jetaient sur elle leurs lueurs rougeâtres.

— Mon frère ne me connaissait pas. Il s'est trompé sur moi. Même si ma mère ne me l'avait pas demandé, j'aurais fait l'échange. J'ai été lâche.

Aziz a accéléré le pas comme s'il voulait fuir quelque chose. Surpris, Mikaël ne savait pas comment réagir à cet aveu. Pendant un instant, il a regardé Aziz disparaître dans la neige qui tombait plus lourdement. Il avait l'impression d'avoir déjà vécu cette scène :

regarder quelqu'un s'éloigner avec son mystère.

— Aziz, attends-moi ! Tu n'as rien à te reprocher. Tout ce que tu viens de me raconter sur ton enfance... ce que tu as dû subir... cette guerre qui fait encore rage là-bas après tant d'années... ta mère qui ne voulait pas perdre ses deux fils...

— Vous ne comprenez pas. J'avais peur de cette ceinture, j'avais peur de ce Soulayed. Alors j'ai menti, j'ai joué au brave. Je ne voulais pas mourir ! Vous comprenez ça, monsieur ?

AMED A MARCHÉ, marché longtemps. Pourtant ses pas ne l'ont conduit qu'au rocher solitaire de l'orangeraie. D'un bond, il a sauté sur le roc, aussi léger qu'un oiseau. Tout autour, des branches lourdes de fruits scintillants se balançaient dans le vent. Amed a fermé les yeux et a cueilli deux oranges au hasard. Fébrile, il les a déposées sur le rocher, une à sa droite, une à sa gauche. Il a tranché d'abord celle à sa droite avec le couteau de son grand-père Mounir. Il n'a trouvé aucun pépin dans les deux moitiés de l'orange. Il a tranché l'autre orange. Du sang a jailli du fruit. Il a compté, compté et trouvé neuf petites dents. Il les tenait dans le creux de sa paume quand elles se sont mises à fondre comme de la cire, lui brûlant la main. Il s'est alors réveillé de son rêve.

Quand il n'était pas couché dans son lit devenu trop grand, Amed passait tout son temps à regarder par la fenêtre de sa chambre. Il se disait qu'à force de fixer l'horizon il finirait par faire apparaître son frère, le faire revenir de l'autre côté de la montagne, même en mille morceaux. Sa mère frappait à sa porte, l'appelait, il ne lui répondait pas. Elle entrait, le regardait avec toute la tristesse du monde.

— Mange quelque chose, suppliait Tamara.

— Je n'ai pas faim.

— Tu vas tomber malade. Fais-le pour lui, pour ton frère. Tu crois qu'il serait heureux de te voir traîner comme ça au lit ? Alors ? Tu ne réponds pas à ta mère ? Parle-moi, Amed. Comment crois-tu que je me sente à présent ? S'il y a quelqu'un à blâmer, c'est moi. S'il y a quelqu'un qui doit souffrir, c'est moi. Tu m'as comprise, Amed ? Laisse-moi toute la souffrance, je vais m'en occuper. Et toi, occupe-toi seulement de vivre. Je t'en prie, mange un peu et oublie, oublie…

Amed s'enfermait dans son silence, Tamara refermait la porte de la chambre, le cœur brisé.

Sa blessure à la main faite avec le couteau de son grand-père, pourtant superficielle, ne cicatrisait pas. Amed n'arrêtait pas de la rouvrir avec ses ongles et de la faire saigner. Des voix, plus nombreuses, le pourchassaient de phrases accusatrices. Elles résonnaient dans sa tête comme des coups de pelle sur une pierre. Elles se moquaient de lui et ricanaient sans raison apparente. Il n'arrivait plus à dormir s'il n'enserrait pas l'oreiller de son frère. Une nuit, il a été submergé par la certitude qu'il entourait de ses bras le corps retrouvé d'Aziz. Une sensation si puissante qu'il en a pleuré de joie.

« Aziz n'est pas parti avec la ceinture se faire exploser dans les baraquements de l'ennemi. Non, toute cette histoire, je l'ai imaginée, peut-être rêvée », se répétait comme une prière Amed en s'endormant.

Il a enserré avec tant de force l'oreiller qu'il a cru dans son sommeil que du sang s'en échappait. Dégoûté, il s'est réveillé en sursaut en jetant par terre l'oreiller. En se redressant dans son lit, il a aperçu une masse sombre accroupie sous la fenêtre.

— Qui est là ?

Amed entendait respirer quelqu'un.

— Tu ne me reconnais pas ?

— Grand-père Mounir !

— Ne t'approche pas de moi. Je ne veux pas que tu me voies.

— Pourquoi ?

— Je ne suis pas beau à voir. Reste dans ton lit.

— C'est toi que j'ai vu l'autre jour dans la remise ?

— C'était mon ombre.

— Tu n'es pas au paradis ?

— Pas encore. Je cherche ta grand-mère.

— Elle n'est pas avec toi ?

— Non, Amed. Quand la bombe est tombée, elle n'était pas dans notre lit. Nos corps ont été pulvérisés dans des directions opposées.

— On l'a retrouvée dans la cuisine, a dit timidement Amed. Elle faisait un gâteau.

— Un gâteau ?

— Oui, c'est maman qui a dit ça.

— Les chiens, Amed.

— Les chiens ?

— Les chiens. Les chiens ! Elle a dû se réveiller en pleine nuit parce qu'elle avait peur des chiens. Nos ennemis, tu sais bien, juste de l'autre côté de la montagne. Elle s'est toujours sentie en sécurité dans sa cuisine.

— Tu as peut-être raison.

— Écoute-moi, Amed. Tu n'avais pas le droit de prendre la place de ton frère.

— Je ne voulais pas. C'est ma mère qui m'a obligé à le faire.

— Tu as désobéi à ton père. Tu as commis une faute grave.

— Mais grand-père, Aziz était malade et…

— Je sais, je sais tout ça ! Mais tu as contrarié Dieu.

— Non !

— Tu L'as contrarié, Amed ! C'est pourquoi ta grand-mère et moi sommes séparés. Par ta faute, je vis mille morts. Par ta faute, ta grand-mère n'a pas trouvé le chemin du paradis.

— Non !

— Nous sommes égarés dans une obscurité infinie. Je ne retrouverai pas ta grand-mère Shahina tant que tu ne vengeras pas notre mort avec ton sang. Venge-nous toi aussi ! Le sang de ton frère ne suffit pas !

— Non !

— Venge-nous, sinon ta grand-mère et moi allons errer dans le monde des morts jusqu'à la fin des temps.

— Non, je ne veux pas ! Laisse-moi, grand-père !

— Je ne voulais pas t'imposer cela, mais à présent je n'ai plus le choix. Je sors de l'ombre pour que tu puisses bien me voir. Regarde, Amed, ce que les chiens m'ont fait, regarde ce qu'il reste de mon corps, de mon visage. Je n'ai même plus d'yeux. Regarde la bouche qui te parle, ce n'est plus qu'une blessure saignante, regarde !

Amed a alors vu une grande bouche se gonfler de sang et avancer vers lui.

« Voleur ! Voleur !
Je vais te dénoncer !
Tu as volé la vie de ton frère !
Tu as coupé son corps en morceaux !
Tu l'as caché dans ton oreiller ! »

Cette nuit-là, les cris horrifiés d'Amed ont réveillé Zahed et Tamara. Quand ils sont entrés dans la chambre, l'enfant se tenait debout sur son lit et hurlait de peur en pointant du doigt la fenêtre. Il avait mordu sa main blessée et s'était barbouillé le visage de son sang. Il répétait sans arrêt que la grande bouche de Dôdi avait voulu le manger.

À l'aube, Zahed a emprunté le camion de son voisin. Il fallait faire quelque chose. Amed était brûlant de fièvre et délirait. Depuis la mort de son frère, il n'avait cessé de perdre du poids au point d'être devenu squelettique. Tamara l'a enveloppé dans une couverture et a grimpé avec lui dans le camion. Elle-même semblait fiévreuse et n'arrivait pas à retenir ses larmes. Quelques mois plus tôt, Zahed avait loué une auto pour emmener son fils Aziz à l'hôpital. En se rendant de nouveau à la grande ville ce matin-là, il croyait ramener le même fils. Il ne se doutait pas que, cette fois-ci, c'était en fait Amed que tenait sa femme dans ses bras. Ils ont traversé plusieurs villages défigurés par des bombardements récents. Zahed a soudainement arrêté le camion.

— Le médecin nous avait prévenus. C'est la fin, Tamara.

— Non, ce n'est pas possible !

— Nous devrions le laisser mourir en paix. Ça ne servira à rien de l'amener là-bas.

Ce sera pire pour lui. Et pour nous. Écoute, retournons à la maison.

— Je t'en prie, Zahed, il faut l'emmener à l'hôpital.

— Les routes ne sont plus sûres. Tu le sais, c'est devenu trop dangereux depuis quelque temps. Et qu'est-ce que ça va changer, hein ? Pour moi, Aziz est déjà…

— Tu n'as pas de cœur !

Tamara était sur le point de révéler à son mari l'échange entre les deux frères. Mais Zahed a redémarré en direction de la grande ville.

À L'HÔPITAL, quand il a reconnu le visage de son père penché sur le sien, Amed a compris qu'il s'était passé quelque chose d'étrange. Jamais il n'avait vu son père avec un sourire aussi doux. Zahed n'était plus le même homme.

Sa mère lui a expliqué ce qui s'était passé pendant les jours où il délirait. Le médecin avait fait des analyses en le prenant pour Aziz. Il fallait s'y attendre : il n'avait trouvé aucune trace de cancer. Pour le médecin qui avait soigné son frère, c'était un vrai miracle. Il ne voyait aucune autre explication à cette guérison surprenante. Un miracle qui a plongé Zahed dans la joie et sa femme dans l'angoisse.

De retour à la maison, Zahed disait à qui voulait l'entendre que ses prières avaient été entendues : Dieu avait guéri son fils malade. Le père venait vers l'enfant, le touchait comme pour s'assurer qu'il était bien vivant, le tenait dans ses bras, répétait que le fils sacrifié n'était pas mort en vain, Dieu l'avait récompensé en guérissant son frère.

Amed avait honte, il était même terrifié.

Peu de temps après, il y a eu dans la région une période d'accalmie. Les bombardements avaient pratiquement cessé. L'époque de la récolte approchait, et Zahed a engagé une dizaine d'employés pour l'aider à travailler dans l'orangeraie. Les paniers d'oranges s'entassaient dans le petit entrepôt, la récolte allait bientôt être terminée. Zahed a alors décidé de faire une grande fête en l'honneur d'Amed, son fils mort en martyr, et d'Aziz, son autre fils sauvé par Dieu. C'est ainsi qu'il a invité les gens à venir célébrer la fin des récoltes cette année-là.

Beaucoup de personnes sont venues. Tous les employés, des membres de leur famille, les voisins. Zahed a aussi invité Kamal, le père de Halim et, bien sûr, Soulayed. Tamara a décoré la maison, des femmes des environs sont venues l'aider à préparer de nombreux plats. Amed a eu droit à de nouveaux vêtements. Dans la pièce principale, on a alourdi de guirlandes la grande photo du fils martyr. Des lanternes ont été allumées devant elle. Amed ne pouvait pas la regarder. Il baissait la tête chaque fois qu'il devait passer devant. Cette photo était un mensonge. Il n'y avait jamais eu autant de monde dans la maison. Les gens parlaient comme s'ils étaient heureux. Ce bonheur bruyant aussi était un mensonge. Avant que Tamara ne serve le repas, Zahed a insisté pour emmener tout le monde sur l'emplacement de la maison détruite de ses parents. Avec une énergie amplifiée par tous ceux qui l'écoutaient, il a parlé de cette nuit fatidique. Il a décrit le bruit assourdissant de la bombe, l'horrible odeur qui l'a suivi, les débris, les corps déchiquetés de ses pauvres parents. Les gens ont crié des injures aux ennemis en se tournant vers la montagne. C'est à ce moment que deux mains se sont posées sur les épaules d'Amed. Quand il s'est retourné, le sourire éclatant de Soulayed lui a fait peur.

— Comment vas-tu ?

Amed n'arrivait pas à lui répondre.

— Tu as perdu ta langue ?

Les mots se nouaient dans la gorge d'Amed.

— Es-tu Amed ou Aziz ? C'est curieux, je n'arrive jamais à me le rappeler. Celui qui est venu avec moi, c'était qui, hein ?

Amed savait qu'il mentait ou jouait à ne plus s'en souvenir. Tout le monde savait à présent le nom de celui qui était mort en martyr. Tout le monde l'avait prononcé des dizaines de fois depuis le début de la fête. Ce nom, c'était le sien.

Amed est retourné à la maison sans dire un mot à Soulayed. Après le repas, Zahed s'est levé, a fait taire tout le monde et a demandé à Kamal de s'adresser aux invités. Celui-ci s'est levé à son tour et a parlé du sacrifice de son fils unique Halim. En quelques mois, Kamal avait beaucoup vieilli. Sa voix tremblait, ses mots tombaient de sa bouche comme des fruits fatigués. Il affirmait être le plus heureux des pères. Son fils était au paradis. Puis Zahed a donné la parole à Soulayed. Sa haute stature a imposé un silence rempli de respect.

— La récolte réjouit l'espoir, l'espoir repose sur le regard qui ne craint pas de voir la vérité, a dit notre grand poète Nahal.

C'est avec cette phrase que Soulayed s'est adressé aux gens. Amed ne l'oublierait jamais et se la répéterait souvent par la suite. Elle lui est apparue lumineuse et aveuglante en même temps. Comme une énigme obsédante. Il était convaincu que Soulayed l'avait prononcée uniquement pour lui. C'était une illusion. La vérité de Soulayed n'avait rien à voir avec la sienne, mais il était trop jeune pour le comprendre clairement.

— Le regard est comme l'oiseau, il a besoin d'ailes pour se maintenir en vol. Autrement, il tombe au sol, a continué Soulayed. Jamais nous ne devons baisser les yeux devant l'ennemi. Jamais. Notre haine et notre courage sont les ailes qui portent notre regard au-delà de la montagne, au-delà du mensonge dont se nourrissent les chiens. Kamal et Zahed l'ont compris. Et leurs fils aussi l'ont compris.

Soulayed s'est alors placé devant la photo du martyr de la maison, cette photo qui renvoyait à Amed sa propre image, et il a parlé du courage de son frère, de la beauté de son sacrifice. Il a parlé longtemps. Ses phrases se courbaient, retournaient à leur début, repartaient avec encore plus de force. Soulayed semblait intarissable. Tous les invités buvaient ses paroles sans oser le moindre mouvement. Au bout d'un moment, Amed s'est aperçu qu'il ne l'écoutait plus. Il fixait les lèvres de Soulayed. Elles s'étaient détachées de son visage barbu et crachaient dans la grande pièce des mots qui ont fini par ne plus rien signifier. C'était devenu du bruit. Les mots de Soulayed explosaient dans l'air comme des petites bombes fragiles qui laissaient derrière elles des traînées de silence.

Amed s'est approché. Il était si près de lui que Soulayed s'est arrêté de parler. Il s'est penché et a soulevé Amed dans ses bras. Il l'a regardé avec étonnement. Amed a eu soudainement très mal. Comme si un animal tentait de s'échapper de son ventre. Et puis il a vu une chose dans la bouche de Soulayed. Dans sa grande bouche ouverte, juste devant ses yeux. Une chose qu'il voyait sans la voir.

— Quoi, Aziz, qu'as-tu vu dans la bouche de Soulayed ?

Aziz a regardé Mikaël pour la première fois dans les yeux depuis leur rencontre.

— Je ne sais pas comment vous l'expliquer, monsieur, je n'y arrive pas.

— Une vision ? Tu as eu une vision ?

— Peut-être. Oui, comme une vision. Mais pas avec des images. Ça se rapprochait plus d'une odeur...

— Une odeur que tu aurais vue ?

— Je ne sais pas, monsieur. Mais c'était quelque chose d'inquiétant qui venait d'entrer dans mon cœur... Comme un pressentiment...

— Qui venait de sa bouche ?

— Oui. C'était là.

— Un pressentiment de quoi ?

— Une chose terrible s'était produite et ça concernait mon frère. Et ça, cette chose, se trouvait dans la bouche de Soulayed. Elle se trouvait là comme un souvenir ou une sensation… je… je me rends compte, en vous parlant, que tout ça n'a pas vraiment de sens.

— Non, au contraire, Aziz. Continue, je t'en prie. Que s'est-il passé ensuite ?

— Je me suis mis à trembler. Des secousses me déchiraient le corps. Soulayed m'a pressé contre lui en m'enfermant dans ses bras. La douleur que je ressentais au ventre s'est transformée. Je veux dire, ce n'était plus de la douleur, mais une force qui devait à tout prix sortir de moi. Je me suis défait de l'étreinte de Soulayed pour me précipiter vers la photo. J'ai fracassé la vitre d'un coup de poing et j'ai déchiré la photo en deux lambeaux qui pendaient du cadre. Puis, je me suis mis à hurler devant tous les invités de mon père : « C'est moi qui suis sur cette photo, moi, Amed ! Il n'y a jamais eu de miracle, celui qui est parti, c'est Aziz ! » Mon père m'a attrapé par le cou d'une seule main, m'a soulevé et m'a lancé contre le mur. Je me suis évanoui. Quand je suis revenu à moi, j'étais couché dans mon lit. Ma mère était penchée, le visage contre la fenêtre de la chambre. Je l'ai appelée. Elle s'est retournée vers moi. J'ai failli ne pas la reconnaître. Son visage était enflé. De grands cernes noirs marquaient ses yeux. Il y avait une trace de sang séché sur son nez. Elle m'a dit, en parlant avec beaucoup de difficulté, que je ne pouvais plus vivre dans cette maison. J'étais devenu le fils de personne.

— Tu as dû quitter ta famille ?

— Oui, je suis allé vivre chez un cousin de mon père dans la grande ville. J'ai vécu là-bas pendant plusieurs mois. On me maltraitait. J'avais déshonoré ma famille. Je ne méritais pas la nourriture qu'on me donnait. J'étais à peine toléré. Je voulais voir ma mère. Je n'avais pas de nouvelles d'elle. Mon père lui avait interdit de me revoir. Puis, un jour, le cousin de mon père m'a annoncé que j'allais partir en Amérique. Je ne l'ai pas cru. Mais c'était la vérité. Quand je suis arrivé là-bas, j'ai appris que ma mère, avec l'aide de sa sœur, avait tout arrangé pour que je quitte le pays. Je suis arrivé ici sur un bateau avec des dizaines d'autres réfugiés. Je suis allé vivre chez ma tante Dalimah. Elle avait perdu l'enfant qu'elle portait. J'ai pleuré quand je l'ai aperçue. Elle ressemblait à ma mère. J'ai tellement pleuré.

Aziz a gardé le silence en fixant sa tasse de café. Mikaël n'a pas osé le briser. Il a levé la tête vers la large fenêtre du restaurant où ils s'étaient réfugiés après leur longue marche. Le soir tombait rapidement. Mikaël apercevait au loin le fleuve qui sombrait dans une lumière bleutée. Il neigeait doucement à présent, quelques flocons égarés scintillaient dans la lumière des lampadaires.

— Préfères-tu que je t'appelle Aziz ou Amed ?

— Vous pouvez continuer à m'appeler Aziz.

— As-tu encore froid ?

— Non, monsieur.

Mikaël a demandé l'addition et ils sont sortis du restaurant. Les trottoirs, les rues, les passants, le toit des autos stationnées, tout était blanc, recouvert d'une neige immaculée. Avant de le quitter devant une station de métro, Mikaël a demandé à Aziz s'il allait revenir dans sa classe.

— Et l’enfant dans la pièce ? a rétorqué Aziz.

— Ne crains rien, Sony ne mourra pas.

Aziz était revenu dans la classe de jeu. Mikaël en était soulagé et, en même temps, il percevait son retour comme une responsabilité supplémentaire. Il lui avait promis que Sony ne mourrait pas. Pour cela, il devait réécrire la scène où le mercenaire demande à l'enfant de lui donner une raison valable de le laisser vivre. Comment changer cette fin ? Où trouver les mots qui toucheraient le cœur de ce soldat avili par la guerre, désespéré et déshumanisé ? Après avoir longtemps hésité, Mikaël avait trouvé le courage de proposer à Aziz de raconter le récit de son enfance, ce récit qu'il lui avait fait quelques jours plus tôt dans les rues de la ville. Il ne voyait pas ce qu'il aurait pu faire de mieux.

Les mots d'Aziz, même improvisés, sonneraient plus juste, plus vrai que tout ce qu'il aurait pu écrire pour cette scène. Il en était persuadé. Il se disait que si le soldat écoutait cette histoire de ceinture d'explosifs portée par un petit garçon malade, cette histoire d'échange entre deux frères jumeaux, cette histoire qui n'était pas du théâtre puisqu'elle avait été réellement vécue, il se disait que si le soldat pensait à son propre fils en écoutant cette histoire, à son fils si semblable au petit garçon qui lui racontait cette histoire brûlante comme un souvenir, il se disait qu'il y aurait alors une chance qu'il n'abatte pas Sony comme un chien.

— Je ne pourrai pas, s'est empressé de lui répondre Aziz.

— Tu le feras dans tes mots, simplement. Tu ne diras que l'essentiel. Ça ne durera que quelques minutes.

— Je ne pourrai pas, monsieur.

— Veux-tu y penser ?

— Ce n'est pas nécessaire.

— Je pourrais t'aider.

— Je ne pourrai pas ! lui a-t-il cette fois crié d'une façon qui fermait pour de bon la discussion.

— Je n'aurais pas dû te demander cela, excuse-moi. Je vais penser à autre chose. Ne t'inquiète pas, je vais trouver une solution. Sony ne mourra pas. À demain, Aziz.

Aziz l'avait quitté sans le saluer.

Mikaël répétait ce jour-là dans la salle de spectacle de l'école, un espace modulable qui pouvait accueillir une centaine de spectateurs. Décor, éclairage et costumes étaient conçus et réalisés par des étudiants en scénographie que Mikaël supervisait avec ses collègues. La classe venait de répéter pour la première fois la pièce avec le décor et la journée avait été plutôt laborieuse. Le rythme des parties chorales était trop lent et il fallait refaire une bonne moitié des jeux d'éclairage qu'on avait proposés à Mikaël. Tous avaient quitté la salle, fatigués et excités à la fois, sauf Aziz que Mikaël avait retenu pour lui parler. Sa solution concernant le personnage de Sony avait franchement effrayé le jeune homme. Mikaël était découragé. Après le départ d'Aziz, Mikaël est demeuré un long moment au milieu du décor. Tout l'espace de jeu était recouvert de sable qu'on avait étendu sur un plancher de plexiglas. Une quinzaine de projecteurs avaient été installés sous ce plancher. La lumière montait du sol, illuminait la couche de sable, la rendant brûlante ou froide en fonction des scènes. L'aube ou le crépuscule naissaient de ces ambiances désertiques. Au cours de l'action, des chemins de lumière se dessinaient dans le sable déplacé par les mouvements de groupe. Le plancher se métamorphosait alors en une toile lumineuse, jetant au public son mystère cruel ou ses signes d'espoir.

Assis dans le sable, avalé par la pénombre, Mikaël était hanté par ce mercenaire qu'il avait créé. N'était-il qu'un monstre ? Mikaël n'était pas dupe. Il n'avait pas écrit ce texte uniquement pour faire réfléchir ses étudiants. Il se posait lui-même la question du mal. Il était trop facile d'accuser ceux qui commettaient des crimes de guerre d'être des assassins ou des bêtes féroces. Surtout quand celui qui les jugeait vivait loin des circonstances ayant provoqué ces conflits dont l'origine se perdait dans le tourbillon de l'histoire. Qu'aurait-il fait, lui, dans de pareilles situations ? Aurait-il été, comme des millions d'autres hommes, capable de tuer pour défendre une idée, un bout de terre, une frontière, du pétrole ? Aurait-il été lui aussi conditionné à tuer des innocents, femmes et enfants ? Ou aurait-il eu le courage, au risque de sa vie, de refuser l'ordre qu'on lui donnait d'abattre d'une rafale de mitraillette des gens sans défense ?

— Je ne vous ai pas tout raconté, monsieur.

Mikaël avait sursauté. Perdu dans ses pensées, il n'avait pas remarqué qu'Aziz était revenu dans la salle. Il devinait sa silhouette au milieu des rangées de fauteuils.

— Je ne te vois pas très bien. Allume la console près de toi.

Pour les répétitions, on plaçait la console du régisseur au centre de la salle. C'était plus pratique pour travailler les indications de lumière et de musique. Lorsque Aziz a ouvert la console, le plancher de la scène s'est illuminé et, pour un instant, Mikaël a été ébloui.

— C'est beau !

— Quoi, Aziz ?

— Le décor. Cette lumière qui traverse le sable. C'est comme s'il pleuvait à l'envers.

— Oui, une pluie de lumière qui monte du sol. C'est tout à fait ça.

— Je ne vous ai pas tout raconté, monsieur.

— À propos de quoi ?

— À propos de Soulayed.

— Qu'est-ce que tu veux dire ?

— La chose que j'ai aperçue dans sa bouche, vous vous rappelez ?

— Tu veux parler de ton pressentiment ?

— Oui, cette chose... c'était un mensonge.

— Approche-toi. Viens me retrouver sur la scène.

Aziz est venu s'asseoir dans le sable. Son visage, transformé par l'éclairage, avait l'air plus âgé, plus dur.

— Soulayed n'était qu'un menteur, monsieur. Il nous a menti le jour où il nous a emmenés, mon frère et moi, dans sa jeep.

— Qu'est-ce que tu veux dire ?

— Il nous a dit que la montagne était minée. Il nous a dit que Dieu, ce jour-là, avait guidé nos pas. C'était un mensonge. Il n'y a jamais eu de mines dans cette montagne. Et Dieu n'a pas cassé la corde de notre cerf-volant. Ce n'était que le vent. Et ce qu'on apercevait de l'autre côté de la montagne, ce n'était pas des baraquements militaires. C'était un camp de réfugiés. Soulayed nous a manipulés. Il a manipulé notre père. Il nous a tous manipulés.

— C'est horrible.

— Oui, c'est horrible.

— Je suis désolé, Aziz.

— Soulayed n'a fait que nous mentir, monsieur. À cause de lui, le paradis est un champ de ruines et mon frère, un meurtrier.

— Ne dis pas cela, ton frère n'était qu'un enfant.

— J'ai le droit de le dire.

— Ne l'accuse pas d'avoir été un meurtrier. Ou je ne comprends plus rien. Qu'est-ce qu'il y a, Aziz ?

— J'ai appris beaucoup de choses grâce au mari de ma tante Dalimah. Mon père nous avait répété avec mépris que notre tante avait épousé un ennemi. Au début, je le craignais. C'était plus fort que moi. Mais je n'avais pas d'autre choix que d'aller vivre dans sa maison. Et j'avais honte, aussi. Honte parce que j'aurais pu, si c'était moi qui étais parti avec la ceinture, j'aurais pu avoir tué des gens de sa famille ou ses voisins. J'ai imaginé tant de choses terrifiantes. Avec le temps, j'ai compris que mon oncle n'était pas un chien, comme mon père l'affirmait, mais un homme juste et bon qui avait fui son pays parce qu'il ne supportait plus les bombes, les attentats, les massacres et les mensonges. Quand j'ai annoncé que je voulais devenir acteur, ma tante était d'accord, mais pas lui. Il a tenté de m'en dissuader. Il voulait que je devienne ingénieur comme lui. Il me disait qu'avec mon accent personne ne me donnerait de rôle. Que je ne pourrais pas travailler dans mon nouveau pays. Que j'étais trop différent. J'ai insisté. Je lui disais : « Mais, oncle Mani, c'est ce que je désire faire le plus au monde. Je vais travailler fort et, tu vas voir, je vais réussir. Et personne, personne ne pourra dire que j'ai un accent, personne ne pourra dire d'où je viens, personne. » Il ne voulait rien entendre. Alors je lui ai parlé des voix et des étoiles.

— Des voix et des étoiles ?

— N'allez pas croire, monsieur, que je suis fou. Mais tous les soirs, je regarde le ciel et je pense à mon frère. Je le cherche dans le ciel.

— Et tu l'as trouvé ?

— Non. Mon frère a disparu du ciel. Mais c'est plus fort que moi, je continue à le chercher.

Aziz a pris un peu de sable et a observé le filet qui s'écoulait lentement de son poing levé. Les grains scintillaient lorsqu'ils étaient happés par un rayon de lumière.

— J'ai dit à mon oncle Mani que si je ne devenais pas acteur, j'en mourrais.

— Tu lui as vraiment dit cela ?

— Oui.

— C'était peut-être un peu exagéré. Quel âge avais-tu ?

— Je venais d'avoir quatorze ans.

— Et déjà tu savais que tu voulais devenir acteur ?

— Oui.

— Et les voix ? Tu as parlé à ton oncle des voix que tu entendais, celles de Halim ou de ton grand-père, c'est ça ?

— Non, celles-là ont disparu quand je suis arrivé ici. Mais d'autres sont apparues. Beaucoup d'autres. C'est celles-là que j'ai mentionnées à mon oncle. Je lui ai dit : « Oncle Mani, ne le raconte pas à tante Dalimah, mais j'entends des voix. Comme si elles dormaient dans le ciel et que mon regard les sortait du sommeil. Elles chuchotent, murmurent, m'emplissent la tête de leurs tourments. Elles sont aussi nombreuses que les étoiles qui font des trous dans la nuit. Quand je ferme les yeux, les voix s'allument dans ma tête. » Mon oncle m'a dit que j'avais trop d'imagination. Tout cela allait disparaître quand j'aurais un bon travail, quand j'aurais trouvé la femme de ma vie et quand j'aurais des enfants à mon tour.

— Et alors ?

— J'ai insisté. Je lui ai dit que j'avais l'impression que des dizaines de personnes habitaient dans ma tête. « Oncle Mani, peut-être as-tu raison, j'ai trop d'imagination. Mais comment faire pour en avoir moins ? C'est comme si je transportais une petite ville en permanence avec moi. J'entends des enfants qui s'amusent, rient, qui chantent parfois et puis, voilà, je ne sais pourquoi, ils se mettent à crier. Et j'entends alors d'autres voix, des femmes et des hommes qui ont l'âge de mes parents et d'autres qui ont la voix fatiguée de gens plus âgés, et toutes ces voix s'affolent, se lamentent, gémissent et crient de rage comme un seul hurlement. Et tu sais ce que je crois, oncle Mani ? Toutes ces voix, eh bien, elles veulent qu'on les entende. Elles veulent exister pour de bon. Pas seulement comme des fantômes dans ma tête. Si je deviens acteur, je vais pouvoir les mettre au monde, leur donner une parole. Une parole, tu comprends, oncle Mani ? Une voix que tout le monde va pouvoir entendre avec de vrais mots, de vraies phrases. Sinon, elles vont pourrir en moi ou c'est moi qui vais devenir un fantôme. »

— Aziz, tu as vraiment beaucoup d'imagination. Tu as dit cela à ton oncle ?

— Bien sûr, monsieur. Je n'avais pas le choix.

— Pourquoi ?

— Parce que c'était la vérité.

— Et comment ton oncle a réagi ?

— Par une autre vérité. Oncle Mani m'a dit : « Mon petit Aziz, je vois ce que tu veux dire. Oui, je le vois à présent. Ces voix que tu viens de me décrire, je devine d'où elles viennent. Pas seulement de ta tête, malheureusement. Je crois qu'il est temps que je te dise la vérité au sujet de ton frère. Je ne l'ai jamais connu. Tout ce que je sais de lui, je l'ai appris par ta tante Dalimah et par toi. Mais je veux que tu saches que, pour moi, tu es Amed et tu es Aziz. Tu es les deux. Ne cherche plus ton frère parce qu'il est dans ton cœur. » Puis mon oncle m'a pris la main et l'a gardée dans les siennes. Il m'a dit : « Écoute-moi, Aziz, j'ai vérifié tout ce que tu m'as raconté à propos de Soulayed. J'ai parlé avec des gens sérieux en qui j'ai confiance. J'ai écrit à d'autres. J'ai aussi fouillé dans des journaux de l'époque. J'ai encore pas mal de contacts là-bas, des journalistes surtout. Je peux t'assurer d'une chose : il n'y a jamais eu de mines sur la montagne. Tout ce que Soulayed vous a raconté est faux. Ton frère n'est jamais allé de l'autre côté de la montagne. Ce n'était pas sa mission. Il n'y avait pas de camp militaire à faire exploser. De l'autre côté de la montagne, il n'y avait qu'un pauvre camp de réfugiés. Le jour où ils ont emmené ton frère, ils sont partis vers le sud, dans la même direction qu'ils avaient prise avec Halim. Personne ne saura jamais ce qu'ils ont réellement expliqué à ton frère avant de l'abandonner à son sort. Il a dû traverser la frontière par un tunnel secret. Je ne peux pas te le confirmer. Mais ce qui est certain et que rien ne pourra effacer de l'histoire de nos pays, c'est comment ton frère est mort. Il s'est fait exploser au milieu d'une centaine d'enfants. Des enfants, Aziz, des enfants de son âge. Il y a eu des dizaines de morts et autant de blessés gravement mutilés. Ces enfants participaient à une compétition de cerfs-volants. Ils avaient été réunis auparavant dans une école où ils assistaient à un spectacle de marionnettes. Je n'avais pas l'intention de te révéler cela aujourd'hui. J'en ai souvent parlé avec ta tante Dalimah. Nous savions qu'un jour ou l'autre tu l'apprendrais. J'ai été même étonné au début que tu n'aies pas été mis au courant quand tu te trouvais encore là-bas. J'imagine qu'ils ont tout fait pour te cacher cette information. Pour la transformer en leur faveur. Tout à l'heure, quand tu m'as parlé de ces voix que tu entendais, je n'ai pas pu m'empêcher de penser à ces enfants sacrifiés et aux déchirements de douleur de leurs parents. Je crois que tu portes en toi le deuil de tous ces enfants morts. Je crois que c'est cela que tu entends et dont tu souffres. C'est peut-être le dernier message que ton frère t'a envoyé quand il a appuyé sur le détonateur. On ne peut pas tout expliquer. Même la guerre, on ne peut pas l'expliquer quand elle tue des enfants. » Voilà ce que mon oncle m'a révélé ce jour-là.

Aziz s'est levé et a donné un coup de pied dans le sable. Un nuage de poussière et de lumière s'est élevé du plancher, enveloppant la scène.

— Mon frère est un meurtrier. Je ne peux pas raconter son histoire comme vous me le demandez. Elle n'arrangerait rien. Elle ne sauverait personne, surtout pas un enfant. Trouvez autre chose pour la scène.

Mikaël ne savait pas quoi lui répondre. Les mots se bloquaient dans sa gorge.

— Mon frère est un meurtrier d'enfants, monsieur !

Il a répété cette phrase. Mikaël l'a observé un moment. Aziz se tenait debout devant lui comme s'il attendait quelque chose. L'espace autour de son corps avait pris, avec la poussière soulevée, un aspect poreux, évanescent. Mikaël s'est levé à son tour avec l'envie de le prendre dans ses bras et de le serrer contre lui. Il aurait dû le faire. Aziz avait seulement besoin d'être réconforté. Mikaël a plutôt insisté pour qu'il revienne sur sa décision. Il devait raconter son histoire. C'était la meilleure solution. L'attentat-suicide de son frère, qu'il ait eu lieu dans une école bondée d'enfants ou dans un camp militaire, ne changeait rien à la logique de la guerre. Dans les deux cas, il était question de détruire l'ennemi et les moyens qu'il possédait pour attaquer et se défendre. Mikaël s'entendait dire ces paroles et il se trouvait odieux. Il n'arrivait pas à avoir une pensée claire. Il se perdait dans ses raisonnements, ses arguments sonnaient faux. Il y avait une différence entre tuer des enfants innocents et faire exploser des baraquements militaires. N'importe qui la verrait, cette différence. Mais, sans en prendre conscience, Mikaël se mettait à la place du personnage de mercenaire qu'il avait créé. Dans le récit d'Aziz, qu'est-ce qui le *toucherait* ? Qu'est-ce qui l'amènerait à épargner l'enfant ? Pourquoi un homme conditionné à tuer écouterait-il cette histoire d'échange entre deux frères jumeaux ?

Les questions se succédaient, et Mikaël craignait que toutes les réponses possibles ne soient que des illusions de plus. Même son spectacle lui apparaissait à présent prétentieux et vain. Il luttait contre la crainte de voir son entreprise théâtrale s'écrouler comme un jeu de cartes devant le récit d'Aziz et ce fait indépassable : son frère, un enfant de neuf ans, s'était fait exploser au milieu d'cnfants de son âge.

Mikaël est allé fermer la console et a ouvert le plafonnier de la salle. Il ne supportait plus cet éclairage d'ombres éclaboussées.

Il a invité Aziz à venir s'asseoir dans le fauteuil près de lui. Pendant un long moment, ils ont observé le vide devant eux, cette grande bouche de la scène et son pouvoir de mensonge et de vérité.

— Pourquoi a-t-il accepté d'accomplir un acte aussi impensable ? C'est la question que tu as dû te poser des centaines de fois. J'ai raison ?

Aziz regardait droit devant lui. Mikaël a attendu un moment qu'il lui réponde. Aziz semblait absent.

— Tu n'es pas juste quand tu accuses ton frère d'être un meurtrier. Comment savoir ce qui s'est passé dans son cœur quand il a réalisé ce qu'on attendait de lui ? On l'a trompé jusqu'au dernier moment. Je ne sais pas, il a peut-être été drogué…

— Vous ne savez pas de quoi vous parlez, monsieur.

— Tu as raison, je ne sais rien. J'ai osé écrire une pièce sur la guerre dans la plus totale ignorance de ce qu'elle comporte, de ce qu'elle provoque. De quoi je me mêle, hein ?

— Je ne voulais pas vous blesser.

— Mais tu l'as fait.

— Je m'excuse, monsieur.

— Ne t'excuse pas. C'est bien que dans notre existence quelque chose arrive parfois à nous secouer, à nous sortir de nos banalités.

— J'aime votre texte.

— Merci, mais il demeure inachevé. Et puis, ça ne m'intéresse pas de savoir si tu aimes mon texte ou non. La question n'est pas là.

— Vous êtes fâché, monsieur.

— Oui, je le suis !

Aziz s'est levé et s'est dirigé lentement vers la sortie. Mikaël n'a rien fait pour le retenir.

Sony

Aziz ne venait plus aux répétitions, ne répondait pas aux appels téléphoniques de Mikaël ou de ses camarades. C'était une faute grave. Il mettait en péril sa formation et encourait l'expulsion de l'école. Deux jours avant la première, Mikaël n'avait pas eu le choix et avait distribué son texte à trois étudiants afin qu'ils aient moins de répliques à mémoriser en si peu de temps. Pour la scène finale, le mercenaire ne s'adresserait plus à Sony, alors absent physiquement de la scène, mais directement au public. De cette façon, chaque spectateur deviendrait l'enfant. Mikaël n'était pas satisfait de cette solution. Elle ne permettait pas de se faire une idée claire de la décision du mercenaire :

allait-il tuer l'enfant ou le laisser vivre ? La réponse allait flotter dans l'esprit des spectateurs de façon abstraite. Mais Mikaël n'avait pas trouvé mieux dans l'état d'énervement où il était plongé.

L'absence d'Aziz avait affecté le dynamisme du groupe. Les changements apportés à la mise en scène avaient fragilisé le jeu de certains. Mikaël essayait du mieux qu'il pouvait de rester calme, de ne rien montrer de son appréhension et de multiplier les encouragements. Mais il était ébranlé. Il avait mal agi avec Aziz. Au fond, il n'avait pas la moindre idée concrète de ce qu'Aziz avait vécu dans son pays, du tourment qui le ravageait lorsqu'il imaginait les derniers moments de son frère. Celui-ci avait-il compris ce qu'on lui demandait ? Mesuré l'horreur de son action ? Avait-il été manipulé jusqu'au bout ? Contraint d'accomplir l'impensable ? Ces questions sans réponse vidaient son texte sur la guerre de sa pertinence, le renvoyaient à son impuissance. Son trac était immense. Sa tristesse, encore plus.

Une heure avant le début du spectacle, à son grand étonnement, sa nervosité est tombée d'un coup. Peut-être s'était-il anesthésié sans le savoir afin de se protéger de ses craintes grandissantes ? Il s'est donc assis parmi les spectateurs plutôt que dans la cabine de régie comme il avait prévu de le faire. Le spectacle a débuté avec quelques minutes de retard, mais tout se déroulait plutôt bien pour un soir de première. Pourtant, il n'arrivait pas à se concentrer sur ce qu'il voyait et entendait. Comme si son propre texte l'indisposait et lui faisait honte. Il s'efforçait de prendre mentalement des notes de jeu pour les donner aux acteurs après la représentation. Il n'oubliait pas que c'était aussi un exercice pédagogique. Mais il perdait le fil du spectacle, son attention vacillait et il se surprenait à penser au frère d'Aziz. Il imaginait un petit garçon de neuf ans avec sa ceinture d'explosifs qui lui collait au ventre, dissimulée sous sa chemise. Il l'observait au milieu d'autres enfants en train d'assister aussi à un spectacle, pas une histoire de guerre comme celle qu'il regardait, mais une histoire qui les rendait simplement heureux. Il entendait leurs rires. L'oncle d'Aziz avait mentionné un spectacle de marionnettes. Il aurait aimé savoir si ce petit garçon bourré d'explosifs avait, pour un instant, oublié sa main sur le détonateur, captivé par les mouvements des marionnettes. Savoir finalement si le destin tragique d'Aziz et de son frère avait pu dévier de sa trajectoire.

Alors que le spectacle approchait de la fin, Mikaël était totalement absorbé par ses pensées. C'est le silence d'étonnement des acteurs qui l'a sorti de son monde intérieur. Aziz se trouvait sur scène, apparu comme par magie. Il se tenait côté jardin. Il portait son manteau d'hiver et son foulard rouge enroulé autour du cou. Il venait d'arriver de l'extérieur, on pouvait distinguer encore un peu de neige qui fondait sur ses épaules. Mikaël sentait autour de lui le public déstabilisé. Visiblement, les spectateurs se demandaient si l'entrée de ce garçon faisait partie ou non du spectacle. Il tranchait, habillé comme il l'était dans ce décor désertique. Le sable, au cours de l'action, avait été complètement balayé. À présent, tout le plancher n'était plus qu'une plaque de lumière qui donnait aux acteurs une dimension poétique ou spectrale, selon leur position. Après un moment de flottement, le spectacle a repris son cours, mais rien n'était plus pareil. Un sentiment de gravité avait envahi l'espace, enveloppant acteurs et spectateurs de sa présence diffuse.

Aziz a fait un pas.

— Écoute-moi, soldat. Je m'appelle Sony, j'ai sept ans.

C'est de cette façon qu'il a interpellé l'acteur qui jouait l'assassin de ses parents. Il a fait un autre pas dans sa direction.

— Écoute-moi, soldat. Je m'appelle Aziz, j'ai neuf ans.

Il a fait un autre pas.

— Écoute-moi, soldat. Je m'appelle Amed, j'ai vingt ans. Dans ma tête, il y a d'autres noms et d'autres âges, beaucoup d'autres. Celui qui te parle n'est jamais seul. Il transporte dans sa tête un petit pays. Tu viens de tuer mes parents. Tu as coupé les mains de mon père avec ton grand couteau dentelé. Puis tu lui as tranché la gorge. Ton geste était précis. Magnifique. Tu as dû avoir beaucoup d'occasions pour pratiquer ton geste et lui donner cette grâce. Et tu n'as rien perdu de ton adresse et de ta concentration quand tu as abattu ma mère avec ta belle mitraillette toute neuve. Qui te l'a offerte ? L'as-tu reçue en cadeau ? Comme tu as l'air de l'aimer et d'en prendre soin ! Mais tes vêtements sont sales et déchirés. Tes cheveux sont gris de poussière et tes mains rougies de sang. Tes épaules s'affaissent et ton regard est cassé comme un caillou. Je suis étonné que tu me demandes de te raconter une histoire. Je suis jeune, et à tes yeux je ne suis qu'un enfant. Qu'as-tu besoin d'entendre une histoire racontée par un enfant ? Peut-être ne vois-tu pas un enfant quand tu me regardes ? Ou peut-être ne vois-tu que le tien ? Car tu as toi aussi un fils. Un fils qui me ressemble. Qui nous ressemble. Qui ressemble à mon frère.

Aziz s'est avancé au centre de la scène. La lumière venant du plancher allongeait sa silhouette. Il ressemblait à une flamme très droite aspirée par le ciel. Il s'est adressé au public.

— Quel âge as-tu ? Comment t'appelles-tu ? Tu as le nom d'un père et l'âge d'un père. Mais tu possèdes bien d'autres noms et bien d'autres âges. Je pourrais te parler comme si tu étais mon frère. À la place de ta mitraillette que tes mains tiennent avec tant d'acharnement, tu pourrais porter autour de tes reins une lourde ceinture d'explosifs. Ta main serait sur le détonateur et ton cœur serait sur le mien. Et tu me demanderais de te raconter une histoire pour ne pas t'endormir afin que ta main, par inadvertance, n'appuie pas sur le détonateur. Et je te parlerais jusqu'à la fin des temps, cette fin qui est parfois si proche.

Aziz a enlevé son long foulard, puis son manteau. Mikaël a eu alors la sensation qu'il le regardait, lui seul, dans la salle. Mais il savait que chaque spectateur, ce soir-là, ressentait la même chose.

— Écoute-moi, soldat, même dans la situation pénible où je me trouve, je peux encore réfléchir. Tu me dis que tu me laisseras vivre si je te donne une raison valable de m'épargner. Si j'accapare ton attention par une histoire qui va te sortir de ta haine. Je ne te crois pas. Tu n'as pas besoin qu'on te raconte une histoire. Et tu n'as surtout pas besoin d'avoir une raison pour ne pas m'abattre comme un chien. Tu veux savoir ce que je fais actuellement en te parlant comme si je parlais à un ami ? Je pleure mon père, je pleure ma mère et aussi tous mes frères. J'en ai des milliers.

Amed a fait un dernier pas vers le public.

— Non, tu n'as pas besoin d'avoir une raison ou d'avoir tout simplement raison pour faire ce que tu crois devoir faire. Ne cherche pas ailleurs ce qui se trouve déjà en toi. Qui suis-je, moi, pour réfléchir à ta place ? Moi aussi, mes vêtements sont sales et déchirés. Et mon cœur est cassé comme un caillou. Et je pleure des larmes qui me déchirent le visage. Mais, comme tu le constates, j'ai une voix calme. Mieux encore, j'ai une voix paisible. Je te parle avec de la paix dans ma bouche. Je te parle avec de la paix dans mes mots, dans mes phrases. Je te parle avec une voix qui a sept ans, neuf ans, vingt ans, mille ans. L'entends-tu ?

Table

AMED 9
AZIZ 117
SONY 171

Suite de la liste du même auteur.

POÉSIE

La Place des yeux, Trois, 1989
Gare à l'aube, Noroît, 1992
Trois secondes où la Seine n'a pas coulé, Noroît, 2001
L'Arbre chorégraphe, Noroît, 2009
158 Fragments d'un Francis Bacon explosé, Noroît, 2012

ESSAI

Le Crâne des théâtres. Essais sur les corps de l'acteur, Leméac, 1993
The Dragonfly of Bombay (avec Laurent Lalanne et Jessie Mill), Lansman, 2011

SUR SON ŒUVRE THÉÂTRALE

Le Corps déjoué. Figures du théâtre de Larry Tremblay. Sous la direction de Gilbert David, Lansman, 2008

CET OUVRAGE A ÉTÉ ACHEVÉ D'IMPRIMER
SUR ROTO-PAGE PAR L'IMPRIMERIE
FLOCH À MAYENNE EN JANVIER 2015
POUR LE COMPTE DE LA TABLE RONDE.

Dépôt légal : février 2015.
N° d'édition : 277156. ISBN : 978-2-7103-7576-0
N° d'impression : 87878

Imprimé en France.